U0112115

大展好書 好書大展

大展好書 好書大展

精選系列 23

琉球戰爭(2)

新・中國-日本戰爭(八)

森　詠／著
林雅倩／譯

大展出版社有限公司
DAH-JAAN PUBLISHING CO., LTD.

目錄

●主要登場人物●

日本

〈**北鄉家**〉

北鄉正生　父　外務省顧問　已退休　財團法人國際開發中心理事

美智子　母

譽　外務省北京日本大使館一等書記官（N機關情報部員）

涉　海幕幕僚　三佐

勝　業餘翻譯　曾在上海大學留學

弓　志向繪畫　北京大學文學部比較文學科留學中

〈**政治家、官僚**〉

濱崎茂　首相

北山誠　內閣官房長官

青木哲也　外相（外務大臣）

栗林勇　防衛廳長官

川島弘一　通產相（通商產業大臣）

向井原一進　內閣安全保障室長　前統幕議長（N機關局長）
狩股繁雄　琉球縣知事
野田克彥　北京日本大使館駐在武官捕
〈**自衛隊**〉
新城克昌　統幕作戰部長
河原端大志　綜合幕僚會議議長　陸軍將領

中國
〈**劉家（客家）**〉
劉達峰　祖父　八路軍上校
劉大江　父　人民解放軍海軍少將　海軍參謀長
玉生　妻
小新　長男　人民解放軍陸軍中校
曉文　長女　事務員
汝雄　次男
劉重遠　劉小新的叔父　香港企業家

進　目前在北京大學留學

〈中國共產黨、政府〉

江澤民　國家主席、總書記、中央軍事委員會主席

喬　石　全人代委員長

〈總參謀部作戰總部（民族統一救國將校團）〉

秦　平　陸軍中將　總參謀部作戰部長　新黨政治局員　軍事委員會秘書長

楊世明　陸軍上校　總參謀部作戰室長

賀　堅　陸軍上校

汪　石　陸軍上校

黃子良　陸軍上校　作戰主任參謀

葉紹明　陸軍中校

周志忠　海軍上校

何　炎　空軍上校

卓康勝　空軍少校

〈廣東軍〉

（第四十二集團軍）

徐有欽　陸軍中將
白治國　陸軍少將
王　捷　陸軍准將
崔　南　陸軍准將
孫光覽　陸軍上校
遲勃興　陸軍上校
姚克强　陸軍上校
胡　英　陸軍中尉
鍾　揚　空軍少尉

（第四十一集團軍）

阮德有　陸軍中尉
任維鎮　陸軍少尉

〈廣東政府〉

趙紫陽　廣東省的實力者
朱森林　廣東省委員長
謝　非　廣東省委員會書記

〈**其他**〉

于正剛　廣州人　前爲軍人　企業家　（暗地從事走私）
趙忠誠　汽車解體工廠廠長　上海游擊隊隊長
王　蘭　王中林的女兒　暱稱小蘭
姜敏男　謎樣的企業家
羅立貴　上海公安局幹部
明玉珍　卡車駕駛　五十歲左右謎樣的男人

臺灣

李登輝　總統　國民黨
呂　玄　行政院院長
薛德餘　外交部長
謝　毅　國防部長　軍政
朱孝武　參謀總長　軍令
高　明　國家保安局長
錢建華　負責安全保障問題輔佐官
董治中　軍情報部長

袁元敏　國共合作派革命政府總統
孟景藻　海軍司令官　海軍上將
周士能　空軍司令官　空軍上將

〈劉家（客家）〉
劉仲明　中華民國軍准將　劉小新的叔父

美國
哈瓦德．辛普森　總統　共和黨
約翰．吉布森　國務卿　新門羅主義者
巴納德．格里菲斯　安全保障問題總統特別輔佐官　對日穩健派
邁亞．耶爾茲巴克　安全保障問題總統特別輔佐官　對日强硬派
德納爾德．漢斯　國防部長
湯瑪斯．荷南　國家安全局（ＮＳＡ）局長　原美韓聯合軍司令官
艾德蒙．加納　ＣＩＡ長官
詹姆斯．馬歇爾　海軍少將　第五航空母艦戰鬥群司令

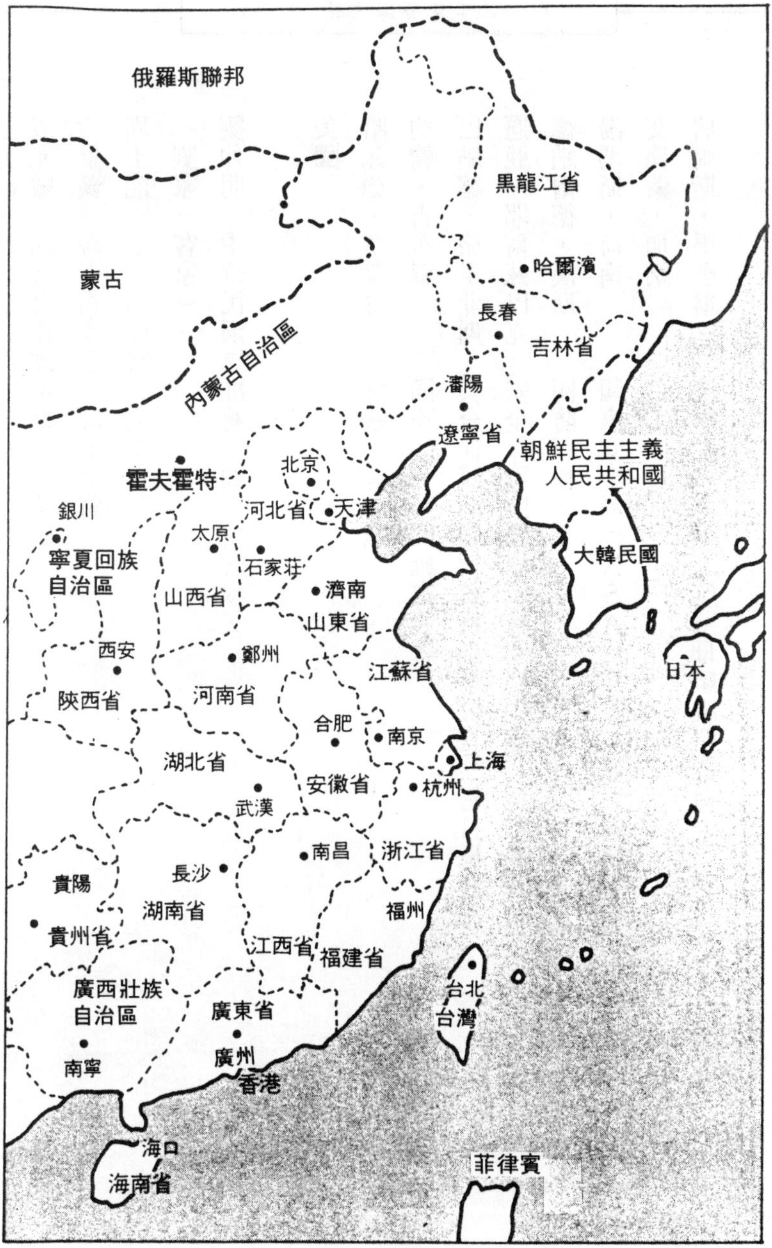
俄羅斯聯邦
黑龍江省
哈爾濱
蒙古
長春
吉林省
內蒙古自治區
瀋陽
遼寧省
朝鮮民主主義
人民共和國
霍夫霍特
北京
天津
銀川
河北省
太原
石家莊
寧夏回族
自治區
濟南
山西省
大韓民國
山東省
西安
鄭州
江蘇省
日本
陝西省
河南省
合肥
南京
上海
湖北省
安徽省
杭州
武漢
南昌
浙江省
長沙
貴陽
湖南省
福州
貴州省
江西省
福建省
台北
台灣
廣西壯族
自治區
廣東省
廣州
南寧
香港
海口
海南省
菲律賓

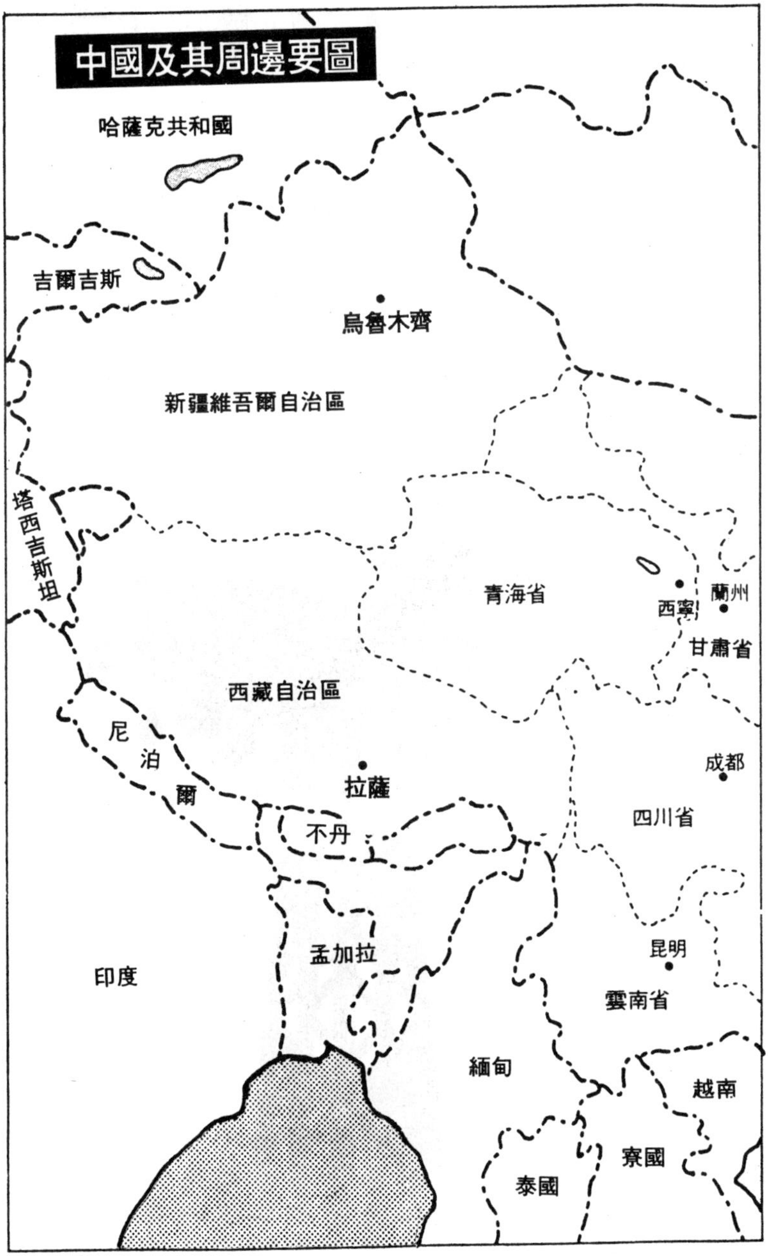
中國及其周邊要圖
哈薩克共和國
吉爾吉斯
烏魯木齊
新疆維吾爾自治區
塔西吉斯坦
青海省
西寧
蘭州
甘肅省
西藏自治區
尼泊爾
拉薩
成都
四川省
不丹
孟加拉
印度
昆明
雲南省
緬甸
越南
寮國
泰國

第一章 琉球海空戰

1

鳥島海域　8月3日　清晨4時40分

『魚雷約以45節（海里/小時）的速度急速接近當中。距離八公里。方位〇二七。兩枚都是誘導魚雷。』

聽到CIC室的管制官告知。

「魚雷的目標呢？」

護衛艦DD129「山雪」艦長二階堂二等海佐站在艦橋，用望遠鏡看著發射的反潛魚雷的方向。

反潛魚雷冒起白煙，逐漸上升，朝著十公里前方的敵人潛水艇潛藏的海域飛翔而去。

『一枚似乎朝向本艦。另外一枚好像朝向「松雪」。』

敵人潛水艇難道已經掌握先機了嗎？二階堂艦長嚇了一跳。

雖然不知道中國製誘導魚雷的有效射程，不過推測大約在十五公里以上。因此，敵人潛水艇距離在十公里左右，發射魚雷。

ＡＳＷ（對潛水艇戰）以先發制人的攻擊才有效。

最早察覺到敵人潛水艇，是在烏島南方海域巡邏的海軍自衛隊第5航空群的對潛巡邏機Ｐ3Ｃ。在定出目標位置，想要探測方向的時候，敵人潛水艇已經發射魚雷了。

『敵人潛水艇開始急速潛行，深度三五〇……』

ＣＩＣ室的管制官告知。ＣＩＣ室陸續由對潛巡邏機Ｐ3Ｃ那兒得到資料。Ｐ3Ｃ已經大致找出目標位置，正在追蹤。

現場海域不光是「山雪」，還有僚艦ＤＤ130「松雪」的對潛巡邏直昇機ＳＨ—60Ｊ離艦急行。對潛巡邏直昇機ＳＨ—60Ｊ如果到達現場海域，更能夠追蹤到敵人潛水艇。

「希望反潛魚雷能夠趕上。」

副艦長户田一尉對二階堂艦長説道。二階堂二佐也有同樣的想法。

反潛魚雷必須藉著火箭運輸短魚雷到遠距離，是攻擊敵人潛水艇的對潛武器。最大射程約十公里。以一馬赫的速度朝目標海域飛翔。

接近目標時，火箭助推器分離，彈頭的降落傘張開，掉入水中。掉入水中的同時，降落傘與前端蓋子脫離魚雷，魚雷朝向目標挺進。

魚雷到達目標附近時，會進行音響追蹤運動，探索追蹤目標，加以攻擊。最大奔馳距離爲十五公里。

反潛魚雷是在發現目標時，基於各種資料而發射的。因此，如果敵人潛水艇巧妙地掩飾行蹤，就會失去目標。如果能夠定出目標的位置，判斷其行進方向與速度、深度，則誘導魚雷也能探知目標，輕易發動攻擊。

『反潛魚雷不久到達現場海域。』

聽到CIC室的操作員告知。

『對潛巡邏直昇機要求允許攻擊。』

飛行長佐佐木三等海佐的聲音從擴音器中傳來。

「好。發現敵人潛水艇立刻攻擊。」

二階堂艦長凝視著波濤萬丈的海面。

聽到轟隆聲響起，又有一架對潛直昇機SH—60J朝著微亮的天空飛翔而去。是僚艦DDH143「白根」派出的對潛巡邏直昇機。

不光是「白根」，DD156「瀨户霧」、DD157「海霧」、DD101

「春雨」的直昇機搭載艦，也派出對潛巡邏直昇機SH—60J。護衛隊群通稱「八八艦隊」，採取「八機八艦體制」。艦隊搭載的直昇機有八架，其中兩架朝艦隊前方的上空挺進，進行準備與敵人艦隊對水上戰的水平線外搜索任務。

另外五架對潛直昇機，則進行艦隊周邊海域的對潛水艇索敵任務，剩下的一架則成爲戰術預備機，在「白根」艦上待命。

「魚雷急速接近！方位○二七。距離四公里。」

聽到CIC室的通報。二階堂艦長面露緊張的神情，盯著灰暗的海面。

「發射模擬彈。」「發射模擬彈！」

聽到複誦的聲音。模擬彈從前甲板的前方噴出。

欺瞞用的模擬彈故意發出吵鬧的螺旋槳音，往前猛衝。在追蹤魚雷誤以爲這個模擬彈是水上艦艇而加以追蹤時，艦艇就可以改變方向逃走。

「左滿舵。」「左滿舵。」

操舵員複誦。

船艦緩緩傾斜，船頭濺起高高的波浪，開始朝左轉。

「發射氣泡模擬彈。」

二階堂艦長大叫著。

又聽到複誦聲。氣泡模擬彈（遮音用，會產生氣泡的模擬彈）從艦上朝海面飛出。

氣泡模擬彈躍入海中時，在海中爆炸，立刻開始起泡。氣泡能夠隱藏船艦，擾亂、欺瞞追蹤魚雷的搜索聲納。

『魚雷追蹤模擬彈！』

CIC室通報。

「只要它一直追蹤模擬彈就好了。」

副艦長户田一尉鬆了一口氣似的，喃喃自語地說著。二階堂艦長莞爾一笑。

「敵人也不是省油的燈，不會被這些欺瞞手段所騙。不能太樂觀。」

敵人的魚雷追蹤模擬彈的時候，判斷不是水上艦時，會再度改變搜索方式來搜尋目標。

因此，必須要再度採取欺瞞、擾亂魚雷聲納的措施，儘可能賺取一些時間。等到魚雷的燃料用盡，自己沉没後，就可以渡過危機。對於誘導魚雷只能採取這種對抗措施。

二階堂艦長用望遠鏡看著潛水艇潛藏的海面，下達命令。

「準備拖航具。」「準備拖航具！」

拖航具從艦尾發出，是利用鋼絲將船艦往後方拖航的對魚雷模擬彈。拖航具會發出干擾敵人追蹤魚雷的訊號，是遮斷魚雷追蹤的裝置。

但是，使用拖航具要花一段時間，在此之前必須要讓魚雷的注意力轉往別的方向才行。

『拖航具進發準備完成。』

艦尾要員回答。

「拖航具進發。」「拖航具進發。」

二階堂下達命令。

『艦長，聽到巡邏直昇機的通報。似乎重新捕捉到類似潛水艇的超音波。』

聽到操作員告知，二階堂艦長臉色凝重。

「不是我方的潛水艇嗎？」

『敵我識別裝置沒有回應。』

爲敵人潛水艇的可能性較高。

「方位與距離呢？」

『一七〇。距離三十公里。』

二階堂艦長看著户田副艦長。

這麽近！潛水艇躲在這兒嗎？而且與在〇二八方位的敵人潛水艇不同。聽到操作員的聲音繼續説道。

『捕捉到敵人潛水艇的發射聲。』

聽到CIC室告知。敵人又發射魚雷了嗎？

『又一枚！不是魚雷。』

「什麽？是飛彈嗎？」

『確認第三枚。……四枚！』

這時緊急警戒警報響起。CIC室的操作員以冷靜的聲音告知。

『巡邏直昇機通報。敵人的對艦飛彈二枚從海面飛翔而來。確認三枚、四枚的飛彈發射。急速接近當中。接近艦隊！重複。確認敵對艦飛彈發射。』

在附近海域搜索的巡邏直昇機，快速利用ESM捕捉到潛水艇發射的對艦飛彈。

『五枚！確認六枚。全都是水中發射型對艦飛彈。』

操作員以興奮的聲音告知。二階堂艦長看著户田副艦長。

「我到CIC室去，這兒交給你了。」

「了解。艦長到CIC室去！」

副艦長户田一尉向二階堂艦長敬禮，告知通話員。通話員複誦，通知的警笛響起。

二階堂二佐從艦橋走下鐵樓梯，急忙奔向在艦内深處的CIC室。

古老型的護衛艦，CIC室是設置在鄰接艦橋背後的位置，而現在則是在艦内深處。艦橋是最容易被敵人攻擊的地方，如果設置在旁邊，當飛彈命中艦橋，可能會使得戰鬥中樞的CIC室遭到破壞。

新的護衛艦爲了在艦橋破壞狀態下能夠持續戰鬥，因此，盡可能將CIC室設置在艦内較深處、安全的場所。

二階堂二佐打開CIC室厚重的門，踏入用紅色照明燈照亮的室内。電腦獨特的電子聲充斥整個房間。

並排的控制臺邊全都站滿了操作員，他們盯著螢幕看。室長湯島三等海佐和作戰指揮幕僚們，全都聚集在電子狀況表示板前。

「立正！」

聽到號令，湯島三佐等人立刻站起來敬禮。

「繼續你們的作業。」

二階堂艦長用手抵住額頭回禮之後，抬頭看著狀況表示板問道：

「對艦飛彈攻擊哪一艘艦艇？」

「本艦還有『白根』『海霧』『霧島』『常磐』『春雨』等六艦。」

操作員回答。看到螢幕上有六個光點朝向艦隊移動。魚雷與對艦飛彈同時進行二次元攻擊。

再加上來自飛機的攻擊，艦隊遭受三次元的攻擊。

雖然抱持著覺悟之心，但是頭腦中還是無法實際感覺到已經面臨實戰了。感覺就好像是在電腦上的模擬戰鬥一樣。

操作員大聲告知。

「『霧島』、『島風』連續發射標準飛彈！」

距離艦隊半徑三十公里的範圍內，是SAM標準SM飛彈的防禦線。

配備標準SM飛彈的DDG的『霧島』和『島風』，負責最外側的防禦線。

從電子狀況表示板上可以看到，艦隊發射的標準飛彈的光點，一齊朝向對艦飛彈。

「敵人潛艇的種類是什麼？」

「看來都是漢級攻擊型核子潛艇。」

操作員回答。

中國海軍的漢級攻擊型核子潛艇確認有五艘。漢級核子潛艇是一世代前的舊式核子潛艇，不過中國最近將其中幾艘進行FRAM（近代化修改），配備了十二座射程四十二公里的潛水艇發射式艦對艦飛彈C801。發射的六枚飛彈很可能就是法國製飛魚衍生型飛彈的對艦飛彈C801。

「室長，敵人魚雷轉換方向！好像又回到了追蹤搜索。」

聽到操作員的聲音。湯島三佐看著螢幕。

「模擬彈被識破了嗎？」

「是的。」

『發射氣泡模擬彈。』

聽到艦上發射幾枚氣泡模擬彈的聲音。二階堂艦長對著通話裝置麥克風叫道：

「艦橋。右滿舵。第三戰速。」『右滿舵。第三戰速！』

艦橋的操作員複誦。船艦慢慢傾斜。船艦在再度發射出的氣泡模擬彈的氣泡隱藏之下，讓魚雷去捕捉由艦尾流出的拖航具。

拖航具被鋼絲拉扯著，通過進入搜索方式的追蹤魚雷附近。

『拖航具進入有效範圍。』

「發出信號。」『發出信號。』

二階堂艦長下達命令。這時拖航具發出對追蹤魚雷的干擾訊號。

「魚雷似乎被拖航具欺瞞。」

操作員看著螢幕的影像，告訴艦長。

二階堂艦長莞爾一笑，和湯島三佐互相點頭。這樣就可以讓魚雷自行毀滅。

2

中國海軍北海艦隊，第一潛水艇戰隊的漢級攻擊型核子潛艇SSN402「海虎」，朝向黑暗的深海急速潛行。

聲納員以高亢的聲音叫道：

「聽到著水聲。可能是敵人的反潛魚雷。」

李艦長心想來了嗎？敵人驅逐艦最可怕的武器就是反潛魚雷。

「幾枚？」

「確認二枚。」

「深度四百公尺。」

操舵員告知。深度計的指針繼續前進。已經進入一個海面光線無法穿越的寂靜世界。

「捕捉到爆炸聲。」

「爆炸聲？」

艦長李海軍上校看著聲納員。聲納員抓著通話器。

「又一枚。似乎都是對艦飛彈的爆炸聲。」

「命中聲呢？」

「沒有。沒有聽到對船艦的命中聲。」

先前僚艦「海虎」404發射的對艦飛彈發射聲確認爲六次。而對艦飛彈也許會被敵人的迎擊飛彈擊落。

「魚雷接近。距離七公里。」

聲納員告知。操舵員繼續說道：

「深度四五〇。」

因爲水壓的關係，整個船艦體都承受了壓力。漢級核子潛艇只能潛行到深度六百公尺處。

「反潛魚雷似乎進入搜索行動。」

聲納員用手抵住通話器告知。李艦長看著副艦長陶海軍少校。

「發泡開始。」

李艦長抓著扶手，雙腳穩穩地站在以低角度傾斜的艦底，低聲下達命令。

「發泡開始。」

要員複誦。拉起操縱桿。

艦外壁立刻冒出了氣泡。由側面冒出的氣泡能夠覆蓋整艘艦體。而這個氣泡會讓聲納的反應遲鈍，欺瞞誘導魚雷的搜索裝置，使魚雷無法察覺到船艦的位置。

陶副艦長看著李艦長，也是腳步穩穩地踩在艦底，抵擋船艦的傾斜。

「魚雷距離六千公尺。接近中。」

「深度五〇〇。不久進入溪谷。」

在操作員前面的CRT上，以電腦繪圖的方式顯示行進中的水路。艦已經到達深海底溪谷的入口。

「水溫呢?」

陶副艦長問管制員。

「攝氏十七度。」

「回到水平!」

李艦長下達命令。操舵員複誦。拉起方向盤，使船頭朝上。

「機械停止。」「機械停止。」

聽到機械部齒輪離開的聲音。電動聲突然停止。螺旋槳聲也消失。只有核子爐管發出的聲音震動牆壁。

船艦的姿勢大致恢復水平，只聽到壓艙物槽傳來微弱的排氣聲。

「不要發出聲音。」

陶副艦長命令組員。船艦一片靜寂。敵人魚雷的聲納敲打著船艦壁。李艦長祈禱氣泡能夠消除聲納的反射聲。

「魚雷距離五千五百公尺。速度減緩。」

「深度五三〇。」

船艦大致保持水平。但是，雖然電動機停止，可是還會因爲惰性持續前進，沉入溪谷。

即使保持寂靜，可是無法讓核子爐停下來。沸騰型核子爐是用二重三重的遮蔽壁覆蓋，但是運轉聲還是會漏到艦外，敵人一定會豎耳傾聽這個聲音。

「深度五五〇。」

聽到船艦某處發出聲響。核子潛艇「海虎」403並沒有實施FRAM（近代化修改）。因而艦身十分老朽。

「深度五七〇。」

已經到了界限深度。包括李艦長在內的所有組員，都屏氣凝神地豎耳傾聽艦外的情況。只聽到聲納音還在搜索被氣泡包住的船艦。

「魚雷距離五千。減速停滯。」

「艦長！捕捉到新的聲納音！」

聲納員輕聲說道。艦長趕緊拿起聲納員的通話機，豎耳傾聽。聽到誘導魚雷的搜索聲納聲。聽不到其他的聲納音。接著只聽到自艦發出的氣泡聲。

「確定嗎？」

「確定。雖然只是一瞬間，但是確定是强力自動搜尋聲納音。除了魚雷以外，還潛藏著敵人的潛水艇。」

聲納員以有自信的聲音回答。李艦長與陶副艦長對看一眼。

如果說逃到這個溪谷，卻有敵人潛水艇潛藏在這兒，就算逃離了誘導魚雷，恐怕也必須要和敵人潛水艇作戰。

「潛藏在何處？」

「不知道。但是敵人潛水艇的確是躲在谷間的岩石背後，而且非常接近。」

聲納員豎耳傾聽通話器並且回答。

「聽到什麼？」

「敵人潛水艇似乎也發出氣泡，想要隱藏所在地。」

「從氣泡聲聽不出方位嗎？電腦無法解析嗎？」

「因爲還混入我們的氣泡聲，所以很難判別，試試看吧！」

敵人潛艇也停止了電動機，不發出聲響，可能在探測這兒的動靜吧！不發動攻擊，可能是敵人潛艇還沒有正確捕捉到自己的位置。如果知道位置，就會立刻發動攻擊。

對潛水艇戰一定要制敵機先。首先找出對方位置的人，在攻擊方面較有利。

但是不知道正確位置，一直在等待，難道要等到我們這邊展現行動嗎？

如果是持久戰，自己絕對不會輸的。日本海軍普通型潛水艇無法進行長時間潛行，所以只要耐心等待對方電池耗盡，就可以了。

但是，如果是美國海軍的核子潛艇，就沒這麼簡單了。美國海軍的核子潛艇能夠長時間潛行，這時就必須要比耐性了。

「魚雷距離四千七百。還是停滯。」

聲納員告知。

看來誘導魚雷似乎在進行搜查行動。接著就要等待魚雷的燃料耗盡。

「深度六〇〇。」

「很好。維持深度六〇〇。」「維持深度六〇〇。」

聽到複誦聲。大致保持水平。船艦還是因爲慣性而持續前進。

「踩煞車。」「踩煞車。」

船艦發出了聲響。制動板增加水的阻力，船艦減慢速度，變成微速前進。

「解析結果出來了。敵人潛水艇方位在一二〇。就在正面上方。」

與敵人潛水艇正面相對嗎？

李艦長好像瞪著看不到的敵人潛水艇似的，看著前方上方。

敵人潛艇不知道是否捕捉到自己的位置了？

「艦長，魚雷好像捕捉到本艦。從後方急速接近。方位三三〇。距離四千三百公尺。」

李艦長緊咬著嘴唇。爲什麼敵人的魚雷能夠發現自己的位置呢？氣泡不是已經包住艦尾了嗎？

「距離四千公尺。」

「艦長，不能再這樣下去。」

陶副艦長說道。真是前門有虎，後門有狼。

「準備魚雷戰！」「準備魚雷戰。」

「機械全開。全速前進。」「全速前進。」

李艦長命令聲納員。

「發出聲納聲。捕捉敵艦的位置。」

「魚雷高速接近，距離三千五百公尺。」

「急速浮上。」「急速浮上。」

李艦長迅速下達命令。艦的傾斜變成急傾斜，開始急速浮上。

「敵人潛艇的位置捕捉。方位一二〇。深度五〇〇。距離四公里。」

「魚雷戰準備完成。」

陶副艦長手按著魚雷發射按鈕告知。

敵人目標位置等的所有資料，都自動地輸入魚雷發射裝置的電腦。

李艦長命令陶副艦長。

「連續發射魚雷一、二、三、四！」

「魚雷一，發射！」

陶副艦長按下魚雷發射按鈕中的一個。艦首方向的魚雷發射管冒出了排氣聲。

「魚雷二，發射！」「魚雷三，發射！」「魚雷四，發射！」

陶副艦長陸續發出聲音，按下按鈕。每一次都聽到排氣聲。

「深度五〇〇。離開溪谷。」

「魚雷急速接近！距離三千。」

「發泡全開！右滿舵。」「發泡全開！右滿舵。」

李艦長大吼著。

核子潛艇「海虎」403大幅度傾斜，艦首開始往右轉，艦朝向側面，好像躲在氣泡雲中進行作戰。

「魚雷接近！距離二千五百！朝這兒來了。」

聲納員大聲告知。

3

「標準飛彈會敵時間。」

狀況表示板上所表示的標準SM飛彈的光點，與目標紅色光點陸續交互出現。二階堂艦長緊咬著嘴唇。

「目標，擊落三枚！」

操作員告知。剩下的三枚繼續飛翔而來。

「擊落一枚！剩下二枚突破防禦線。」

操作員說明。

「發射海上麻雀！」

同時「山雪」的艦體搖晃，傳來飛彈發射時獨特淒厲的爆破聲。短ＳＡＭ海上麻雀的防禦線大約在二十公里半徑範圍。

待在ＣＩＣ室，感覺任何事情都好像是假想現實一樣。像在玩電腦遊戲似的。盯著螢幕的操作員大叫著。

「『白根』和『春雨』也發射了對空飛彈海上麻雀！」

電子狀況表示板上，旗艦宙斯盾艦『霧島』送來的資料即時顯示。位置在畫面中央的圓形陣型的艦隊，正有敵人的飛彈及魚雷接近。也顯示出加以迎擊的海上麻雀的行蹤。

二階堂艦長和湯島三佐等人一起屏氣凝神，盯著狀況表示板上閃爍的海上麻雀光點的方向。

「艦長，魚雷的螺旋槳聲消失。沒有反應，可能已經自沉了。」

「很好。」

二階堂艦長點點頭。

「魚雷已經處理完畢了。只要專心對付對艦飛彈就好了。」

CIC室長湯島三佐，鬆了一口氣說著。

「兩枚飛彈朝著本艦與『白根』而來。」

操作員告知二階堂艦長。又有另外一位操作員告知。

「飛彈接近距離十八公里。」

二階堂艦長呻吟著。

敵人飛彈沿著海面飛翔而來。而海上麻雀捕捉到的飛彈從上空衝入。即使沒有命中，但是接近信管爆炸時，破片四散也能夠擊落飛彈。

但是，這只是理論上的情況，實際上海上麻雀的擊落率並不是一〇〇%。似乎是自艦先前發射的海上麻雀沒有擊中敵人飛彈，而衝入海面似的。

「三枚海上麻雀迎擊飛彈。」

二階堂艦長盯著螢幕。

艦隊防衛的中樞旗艦宙斯盾艦「霧島」下達指令。而「山雪」「春雨」和「白根」迅速反應，再度各發射了一枚海上麻雀。

『巡邏直昇機報告。捕捉到敵人潛水艇方位二五四。距離艦隊三十一公里。急速潛行中。要求允許攻擊。』

「好。要將它擊沉。」

二階堂艦長呻吟似地說道。通信士透過無線通話麥克風告知命令。

不能再讓敵人潛水艇為所欲為了！

4

「捕捉到魚雷發射聲！」

聲納員叫道。

第一潛水隊群第五潛水隊所屬ＳＳ５８４「夏潮」艦長加島二等海佐，站在發令所的攻擊角落，眼睛看著聲納螢幕。上面顯示複數魚雷正在急速接近中。

「都是普通魚雷。以等間隔的方式四枚並進。」

「捕捉目標。對於敵我識別裝置毫無反應。是敵人潛水艇。方位三〇〇。距離四千。深度四八〇。敵人潛水艇急速浮上。」

聲納員陸續告知。敵人潛水艇就在正面。加島艦長以冷靜的聲音下達命令。

「準備發射魚雷！」「準備發射魚雷。」

副艦長山城一尉複誦，手按在指揮管制裝置的魚雷發射鈕上。

「發射第一彈。」「發射第一彈！」

「發射第二彈。」「發射第二彈！」

山城副艦長陸續按下按鈕。從艦首的魚雷發射管傳出輕微的排氣聲。是七三式改短魚雷從發射管飛出的聲音。

七三式改短魚雷是必殺的追蹤魚雷。最大速度42節。最大奔馳距離二十公里。最大深度六〇〇公尺。彈頭炸藥量五十公斤。

一旦盯住目標就絕對不放棄。兩枚七三式改短魚雷追蹤敵人目標。

「魚雷急速接近！距離二千！」

「急速浮上！全速前進！」

加島艦長持續命令操舵員。操舵員複誦。拉起操縱桿。電動馬達轉動。傳來空氣進入壓艙槽的聲音。

「夏潮」以急角度開始浮上。

「敵人魚雷接近距離一千六百。」

加島艦長緊抿著嘴唇。

「深度四五○。」

「深度四○○。」

「魚雷距離一千二百。」

聲納員大叫著。

突然爆炸的撞擊侵襲著船艦。船艦發出轟然巨響，大幅度搖晃。加島艦長抓住扶手。

「魚雷爆炸！」

「命中嗎？」

「並不是我艦發射的魚雷。」

是同志進行的攻擊。

「深度三五○！」

「敵人魚雷接近！兩枚通過正下方！」

加島艦長的腳穩穩地踩在角度十分傾斜的船艦地面上，豎耳傾聽。從艦底傳來咻咻魚雷通過的聲音。

山城一尉擦拭著汗水。

「有兩枚通過左舷下。」

聲納員告知。

不久之後，又聽到螺旋槳聲通過。間不容髮之際，終於逃離了並進的魚雷群。加島艦長詢問聲納員。

「目標呢？」

「依然急速浮上中。方位三三〇。深渡二五〇。距離三千八百。」

加島艦長祈求還來得及。誘導魚雷爲了避免對同志的艦艇進行錯誤的攻擊，到達一定程度的淺深度時，設定自動不再進行追蹤攻擊。

「不久就是魚雷的會敵時刻。」

攻擊管制員告知。

突然聽到淒厲的爆炸聲。船艦大幅度搖晃。加島艦長看著山城副艦長。

接著又有一枚爆炸。加島艦長面露會心的微笑。

「命中！」

「目標船身裂成兩段，開始沉没。」

聲納員告知。

5

「魚雷命中！」

CIC室的操作員看著螢幕説道。「山雪」艦長二階堂二佐感覺到使船艦搖晃的爆炸發生了三次。

敵人潛水艇雖然躲過了反潛魚雷，但還是躲不過同志潛水艇所放出的誘導魚雷。

「海上麻雀會敵時刻！」

「怎麼樣？」

二階堂艦長盯著電子狀況表示板。海上麻雀光點與敵人飛彈交叉。

「擊毀二枚！還有一枚追著本艦。距離十三公里。」

一波未平一波又起。二階堂艦長看到自動射擊指揮裝置，讓62口徑七六釐米單裝速射砲作動。一旦敵人飛彈進入艦隊十二公里的艦砲防禦線內時，雷達捕捉到目標，就可以由單裝速射砲進行砲擊。

「距離十二公里。」

艦首甲板傳來轟然巨響。單裝速射砲猛然噴火。不間斷很有節奏地持續砲擊。

「飛彈接近！距離本艦十公里。」

操作員以冷靜的聲音告知。

如果單裝速射砲沒有擊落飛彈，最後只好利用二十釐米CIWS，或者是由鋁箔彈進行干擾。

突然單裝速射砲的聲音消失。二階堂艦長挺直身子。

「命中！飛彈的機影消失。擊落了。」

CIC室的操作員們全都拍手喝采。二階堂艦長也鬆了一口氣，和CIC室的湯島三佐一起點頭。

潛水艇發射的對艦飛彈全都擊落了。但是，戰爭才剛開始。必須要準備真正的攻擊才行。

「巡邏直昇機報告！又一艘敵人潛水艇被擊沉。」

「很好。全力以赴持續對潛戰鬥。應該還有敵人潛水艇，不可大意。」

二階堂艦長看著狀況表示板，下達命令。狀況表示板上顯示一大群的空軍軍機。

「準備對空戰鬥！看來接下來會下飛彈雨呢！」

「全員就對空戰鬥位置」的警報響起。

6

琉球・鳥島空域　8月3日　5時20分

非常晴朗的天空。看到幾十條的黑煙、白煙縱橫交錯，宛如抽象畫一般的圖案。被擊落的敵機和我方機的黑煙，以及空對空飛彈的噴煙，形成煙的亂舞。

有十二架第三八航空隊第三〇二飛行隊的F—4EJ改鬼怪戰鬥機隊散開，進入與敵機的接近格鬥戰。

三〇二飛行隊的隊長牧野二等空佐，隔著座艙罩環視作戰空域。僚機向敵機發射了90式誘導彈。追擊白煙反轉機身旋轉的J—7（殲擊7）。

『擊落J—7一架。』

後部座席的川上二尉告知。90式誘導彈命中敵機。

『這樣就擊落四架囉！』

聽到川上興奮的聲音。

「不要掉以輕心。敵機在哪裡呢？」

『五點上方。』

牧野二佐看著右後方。機影隱藏在陽光中。立刻將操縱桿往右擺，開始急旋轉。

「走吧！」

『收到。飛彈殘量二。敵機追趕六號機。』

川上告知。

「收到。支援六號機。」

牧野二佐找尋六號機的機影，在空中飛翔。

AIM－7麻雀飛彈以及90式誘導彈在敵人第一目標的編隊中，至少已經擊落了十幾架飛機。當然，我方機也出現若干損壞，但是目前還無暇確認到底有幾架。

『貓頭鷹呼叫山貓、黑貓。蒼鷹、游隼不久之後到達戰鬥空域。』

E767AWACS（預警管制系統）發出通報。

「收到。」

山貓是三〇二飛行隊，黑貓是第五航空團第三〇一飛行隊的暗號名。三〇一飛行隊的十二架F－4EJ改鬼怪戰鬥機隊，應該已經在附近的戰鬥空域與敵人交戰了。

暗號名蒼鷹是第八航空團第三〇四飛行隊的F－15J老鷹戰鬥機隊，暗號名游隼，則是同樣屬於第八航空團第六飛行隊的F－4EJ改鬼怪戰鬥機隊。蒼鷹、游隼將時間稍微挪開，一起前進。等到三〇二和三〇一飛行隊的燃料用盡、回航的時候，可以支援它們脫離。

「三號機呢？」

操縱席的牧野二等空佐對著通話麥克風大叫。隔著座艙罩，看到三號大森一尉機的機影。卻看不到四號機內間二尉機的機影。

大森一尉單機的戰鬥非常危險。格鬥戰應該是兩架飛機爲一組，互助合作與敵機對峙才是最佳的戰法。

『三號！』

稍遲一會兒聽到回答聲。

「四號在哪兒？」

沒有聽到四號機的回答。牧野二佐看看周圍。難道內間二尉機被幹掉了嗎？

突然，聽到摻雜空電聲的內間二尉的聲音。

『四號！』

「你在哪兒？」

『四點下方。』

隔著座艙罩看著右後方。看到切穿雲海的鬼怪機影急速上升。

大森一尉機盤旋之後進行上空警戒。

『不明飛機！』

隔著通話器傳來後部座席的川上二尉的聲音。牧野二佐看著HUD。HUD顯示捕捉到敵機的光點在閃爍著。

『二點上方。』

聽到川上二尉的聲音。牧野二佐透過護目鏡，看到在陽光中的敵機J—7。

『一點下方！』

而在右斜下方有J—7的機影反射太陽光線。

雷達鎖定。HUD顯示出雷達鎖定。雷達捕捉到在近距離的兩個目標。

在射程內的標示出現了。

不要緊張。牧野二佐對自己這麼說。90式誘導彈還沒有捕捉到目標。

手指擺在F—4EJ操縱桿的飛彈按鈕上等待。即使只是一、兩秒的時間，也覺得非常漫長。

聽到90式誘導彈的偵測器發出嘰嘰嘰的電子聲。

「發射！」

一邊叫著，在間不容髮之際按下發射按鈕。突然機體變輕了。兩枚90式誘導彈脱離機身。瞬間，拖著兩道白煙尾的飛彈飛翔而去。已經沒有任何飛彈了。

「檢查油量。」

牧野二佐命令三〇二飛行隊全機。如果沒有燃料，就沒有辦法持續戰鬥。

看了一下燃料殘量。只剩下一五五〇磅。所剩不多了。再進行五分鐘激烈的空中機動，燃料就會用光。即使不願意，還是必須脱離戰場。

『二號機，一四〇〇磅！』『三號機，一五〇〇磅！』『四號機，……』……

陸續聽到回答。

武器儀表板的模式自動更換機槍模式。只能用剩下的機關槍攻擊。

「敵機在哪裡？」

『十點下方有兩架！』

聽到川上二尉的聲音。牧野二佐立刻將機頭朝左擺，開始俯衝。

絶對不能讓任何一架敵機逃走！

「二號，跟過來！」

『二號收到。』

聽到二號機的齋藤二尉的聲音。

敵機J—7反轉上升，採取迎擊姿態。

牧野二佐巧妙操作操縱桿，立刻急旋轉，想要繞到敵機的背後。而齋藤機似乎也想要和對方的二號機戰鬥。

敵機的機影進入準星環。敵機迴轉旋轉，不斷地移動機影，脫離到環外。

牧野二佐穩定地操作操縱桿，用左手調節風門，等待機影進入準星環。準星環增大，機影進入環中。

機影抵住了環中心的光點。敵機不斷地移動，想要逃離光點。

被光點網羅住。

鎖定！按下操縱桿紅色發射按鈕。〇・五秒。機關槍發出如牛吼般的低鳴。

曳光彈拖著紅色的光吸入敵機中。敵機J—7的機影瞬間膨脹爆炸。

反射性地拉起操縱桿，將機頭朝上。迅速反轉，找尋下一架敵機。

『擊落！』

川上二尉確認擊落而大叫著。

「二號呢？」

聽到喀哄喀哄的聲音。在戰鬥中沒辦法立刻回答。

三點下方有繞到敵機身後的齋藤機，大幅度旋轉，發射機關槍。看到敵機冒起白煙，緩緩飄落。

『擊落！』

傳來齋藤機的戰術航空士城田三尉的聲音。

「貓頭鷹。狀況如何？」

牧野二佐詢問ＡＷＡＣＳ操作員。

沒有回應。牧野二佐看看周圍，對後部座席的川上二尉説道。

「没有敵機嗎？」

『戰鬥空域還有十七、八架。敵機脱離戰場，打算撤退。』

敵人第一目標的敵機有五十二架。是Ｊ—６戰鬥機與Ｊ—７戰鬥機的混合編隊。其中大約有三分之二被擊落。

「我方損害已經知道了嗎？」

『Bravo 被擊落一架，Charley 被擊落二架。黑貓也被擊落二架。飛行員脱離到海上，救難直昇機已經趕到現場。』

第一目標的敵機編隊被擊退，看來接下來還會有第二、第三的敵機編隊湧進。同時，也擔心第四、第五目標的敵機編隊動向。

已經没有辦法在空中迎擊了。

美國空軍第十八航空團的第四四戰鬥飛行隊，及第二三二海軍戰鬥攻擊飛行隊等，也會協助迎擊。

「第二目標的位置呢？」

『方位二九〇，距離一百二十。』

聽到AWACS的警報。

『敵機編隊！警戒，方位〇四五，距離三十。』

「還有敵機編隊嗎？」

牧野二佐看了一下雷達螢幕。搜索雷達捕捉到敵機的機影。出現十八個機影。距離三十。幾分鐘內到達會敵距離。

燃料所剩無幾，誘導彈也耗盡了。只有機關槍，卻必須要重新面對敵機。

「機種呢？」

『航空母艦搭載機。機種是亞克布雷夫Yak—38改。或者是……』

AWACS的操作員聲音突然停了下來。

『警戒！敵機……』

聽到不快電子聲響起。RWR（雷達警戒接收裝置）感應到敵人的搜查雷達波。

HUD顯示敵人飛彈接近的表示已經亮起。

『飛彈接近！三點下方與十一點下方。』

川上冷靜地告知。感應到三點下方與十一點下方的兩個方向的威脅電磁波。來自三點下方的飛彈接近。

可以親眼目睹到接近的飛彈影子。

「通知全機。飛彈接近。趕緊閃躲。」

牧野二佐大吼著。將操縱桿往右擺，機體旋轉。點燃助燃器。

『煙火！』

川上二尉告知。

持續發射煙火。拉起操縱桿，機身反轉。同時大幅度往右旋轉。

持續朝後方發射煙火。希望引誘追蹤的飛彈進入煙火的紅色火燄中。

『鋁箔彈！』

在發出煙火的同時，也打出鋁箔彈。鋁箔彈的銀幕瞬間在空中散開。

放倒操縱桿，蹬方向舵。

水平線不斷旋轉，雲海上下移動。彎成G字型，血液往頭部逆流。感覺到太陽穴的血管膨脹，勉强俯衝，機頭往上拉。

點燃助燃器，急速上升。立刻關掉助燃器，迴轉旋轉。

鑽進煙火中的一枚飛彈，在後方閃爍白色光芒。一枚的警報停止。但是還有一枚飛彈緊追不捨。

反轉進行背面飛行，頭上是湛藍的海洋。看到拖著白煙尾的飛彈在一點的方向。機體持續俯衝，開始緊急下降。

朝向冒著白煙的敵人飛彈拉下操縱桿。可以看到接近的飛彈彈身。糟糕了。如果飛彈朝這兒正面衝過來，飛彈看起來是一個黑點。如果能夠看到彈身，表示飛彈不是正對自己。

趕緊發射煙火。飛彈一瞬間穿過左翼上方，同時衝入火燄中爆炸。

太棒了！牧野二佐大叫著。

機身因爲爆風而不斷地搖晃。繼續反轉，恢復水平飛行。警報聲停止了。接著雷達又捕捉到新的敵機機影，發出電子聲。

牧野二佐利用HUD確認敵機的機影，開始盤旋。

「2號呢？」

『跟著你。』

聽到齋藤二尉的聲音。

牧野二佐檢查愛機的燃料計。

燃料所剩無幾。其他僚機的燃料也應該快要用盡了。如果再勉强作戰下去，會造成損害。

「通知貓頭鷹。燃料殘量太少。山貓脱離戰場。蒼鷹、游隼在哪兒？」

『蒼鷹、游隼不久到達戰鬥空域，距離十、方位……』

只要八空三〇四飛F－15J戰鬥機隊，與六飛的鬼怪戰鬥機隊一來，就可以安心地交替回航了。到時候補給燃料與飛彈彈藥後，再度出擊。

「Alpha、Bravo、Charley（ABC各編隊）！」

陸續聽到各機平安無事地回答。

ABC編隊也沒有新的損害。

「R·T·B（回航基地）。」

牧野二佐呼籲全機。各機陸續回答「OK」。

說明集合高度與方位。同時將操縱桿擺向側面，機頭朝上。趁著敵機編隊還沒有追來之時，必須要脱離戰場才行。

突然聽到了大叫聲。

『……六號！……受到攻擊。』

「六號，怎麼樣？」

空電聲混亂。牧野盯著搜索雷達的螢幕。

川上二尉大叫告知。

『敵機攻擊六號機與七號機。』

B編隊的六號是西方二尉機，七號是和田二尉機。

「敵機在哪裡?」

『三點上方!』

二號機的齋藤二尉叫著。

什麼!敵機嗎?

牧野二佐望向三點上方，看到機影。

旋轉翻轉的鬼怪，被銳角翼的戰鬥機巧妙追蹤。有很多架敵機。

聽到不快的電子聲響起。HUD顯示敵機威脅電磁波的方向。

倒下操縱桿，一口氣反轉。敵機會從何處出現呢?應該擊落了很多架敵機。

AWACS的操作員大叫道。

『敵機是蘇凱27!山貓、黑貓嚴密警戒。』

蘇凱27!那不是中國空軍的最新飛機嗎!蘇凱27是提升F—15J老鷹戰鬥機性能的俄羅斯製，最新最强的制空戰鬥機。

即使是提升性能型的F—4EJ改，沒有短距離飛彈，當然不可能戰勝蘇凱27。蘇凱27的機動性凌駕於F—15J老鷹之上。

「六號、七號！」

牧野二佐大叫著。

『……被追擊！中彈了！』

西方二尉大叫著。

『無法控制！』

聽到七號機的和田二尉大叫著。

三點方向及十一點下方，兩道黑煙緩緩落下。

畜生！被擊落了嗎！

牧野二佐緊咬著嘴唇。

『西方，跳傘！跳傘！』

五號機的城山一尉大叫著。傳出空電聲。

『……發射！畜生。』

也出現了八號機的田島准尉的聲音。還在持續空中戰。

蒼鷹！快點來！沒有接近戰用飛彈，也沒有辦法和蘇凱27戰鬥。希望F—15EJ

早點來幫忙。牧野二佐在心中祈禱著。

突然，電子聲又傳出不快聲。

『十點上方！』

聽到川上二尉的聲音。看到十點上方有與F－15EJ非常類似的修長機影急速接近。掠過左翼上方。

的確是蘇凱Su－27！牧野二佐覺得背脊發麻。

7

「攻擊！」

沈海軍中校對著通話器大吼。同時握著操縱桿的發射桿。接近對空飛彈「空鷹」已經從機翼下脫離，冒著白煙，飛翔而去。

『發射！』『發射！』

二號、三號、四號各機陸續發射「空鷹」。

「各機開始格鬥戰！」

沈中校用通話麥克風下達命令，隔著座艙罩觀察僚機的狀況。

中國海軍第一航空師團第七一航空隊的殲擊11型（J—11）戰鬥機十六架，編隊散開，開始對日本空軍軍機發動攻擊。

殲擊11型並非國產機，而是由俄羅斯購買最新的飛機蘇凱Su—27P。第七一航空隊的沈中校等人，爲了能夠操控蘇凱27P，因此，從中國海軍特別派遣到俄羅斯去，接受短期嚴格訓練，是非常優秀的飛行員。

雖說短期，但是沈中校等中國飛行員技巧成熟，立刻發揮俄羅斯教官都驚訝的技巧，被取名爲「中國馬戲團」。

回國後，沈中校等人移籍到海軍航空隊，成爲航空母艦戰鬥機群繼續訓練。現在就要驗收成果了。

並不是特別恨日本人。同樣是亞洲人，甚至比美國或俄羅斯人感覺更爲親密。當然，在半世紀以前，中國曾經有過遭受日本軍國主義者蹂躪的痛苦過去。

但是那只是祖父或父親那一代所受的屈辱，不是我們這一代的事情了。在教科書上學習到關於日本人殘暴的事實，不過只覺得那好像是遙遠過去的記憶，並沒有現實感。

威脅雷達波警戒裝置發出高亢的電子警戒聲。HUD顯示敵機進入射程內。沈中校屏除雜念。

雷達鎖定。

在前方飛翔的「空鷹」飛彈一閃，爆炸了。看到冒出黑煙的敵機，朝著雲海墜落。

從機影來看，敵機是F—4鬼怪。機身的紅太陽在陽光下閃閃發亮。

「擊毀一架！」

沈中校看著搜查雷達的螢幕。繼續找尋敵機，開始上升。

『擊落敵機！』

三號機的蔡上尉告知。

『敵機逃走了！請求允許追擊。』

「三號。不可以深入追擊。新的敵機編隊會過來。要全力支援攻擊隊。」

沈中校看著搜索雷達的螢幕，看到周圍的空域全都是美日兩空軍的敵機。

自己的任務是攻擊敵方的制空戰鬥機，由側面支援從大陸渡洋的我方攻擊機的對艦攻擊。

同時，從輕型航空母艦「旅順」起飛的垂直離陸機亞克布雷夫Ｙａｋ—38戰鬥機隊，則進行防衛航空母艦的任務。

『通知雷光隊。敵機編隊接近！方位一〇〇，距離四海里……。準備迎擊。』

接到航空母艦「大連」管制塔的指令。

終於來了。

持續接近的敵機編隊，是從琉球本島起飛的日本空軍的F—15J老鷹戰鬥機隊。根本不足爲懼。

蘇凱27是舊蘇聯空軍對付西方主力戰鬥機F—15老鷹和F—14鬼怪、F/A—18大黃蜂等的要擊戰鬥機。

就性能方面，凌駕於這些戰鬥機之上。

即使是高性能的戰鬥機，但是也要看操縱的飛行員的技術，來改變整個空戰的狀況。

到底敵機上載的是技巧多高明的飛行員呢？

「通知雷光隊全機。取得高度，進入迎擊形態。」

『了解』『了解』『了解』……

聽到部下們的回答。檢查飛彈殘量。還有四枚對空飛彈「空鷹」。

這時雷達警戒裝置發出高亢的聲音。

HUD顯示飛彈接近。沈中校倒下操縱桿，讓機身反轉旋轉，開始閃躲運動。

8

「這是蒼鷹。黑貓。脱離戰場。交給我們吧！」

三〇四飛行隊的隊長近藤二等空佐，呼叫三〇二飛行隊。

已經知道三〇二飛行隊有幾架飛機被擊落了。親眼目睹到在藍空中拖著黑煙尾的F—4EJ改墜落的情景。

『黑貓。了解。蒼鷹，請掩護。』

「收到。隊長機通知全機。散開！」

十二架三〇四飛行隊的F—15J老鷹戰鬥機隊一起散開，準備迎擊蘇凱戰鬥機隊。

搜索雷達已經捕捉到敵機的機影。將操縱桿的雷達模式選擇按鈕拉到手邊。切換爲SS模式。

這樣一來，範圍就會變成十哩。搜索的範圍也變成HUD的高度範圍與速度範圍圍繞的狹隘視野範圍。SS模式就是能夠自動鎖定一開始飛入這個範圍的目標。

近藤二佐拉起操縱桿，急速上升。二號機的一色二尉機在後方跟著。

響起電子聲。ＨＵＤ中央顯示ＡＳＥ圈與目標的範圍出現了。

雷達鎖定！

以往指示將美國空軍所擁有的米格戰鬥機或Ｆ—16戰鬥機比擬作蘇凱27，累計異種機種間空中戰，磨練空戰技術。現在考驗這個技術的時刻到來了。

90式空對空誘導彈的紅外線偵測器，響起捕捉到敵人的電子聲。ＨＵＤ出現表示進入範圍内的紅色標誌。

「發射！」

隊長機近藤二等空佐叫著，按下飛彈發射按鈕。

兩枚90式誘導彈連續從翼下飛出。兩枚飛彈各自朝向目標，燃起白煙，飛翔而去。機體突然變輕了。

將操縱桿倒向左，翻轉旋轉上升。

隔著座艙罩，看著僚機陸續發射誘導彈。看了一眼ＨＵＤ。

雷達再次鎖定目標。

90式誘導彈的紅外線偵測器發出了電子聲。近藤二佐在間不容髮之際，再度按下發射按鈕。又有兩枚誘導彈冒著白煙噴出。

近藤二佐瞪著虛空。

在HUD右側顯示近距離誘導彈殘量爲〇，剩下只能用機關槍來作戰了。

而武器按鈕也自動切換成機關槍模式。

RWR已經發出敵人飛彈接近的警報。而在HUD上用箭頭顯示敵人飛彈的接近方向。

小幅度移動操縱桿，開始反轉。也按下了附著在操縱桿的煙火彈發射按鈕，同時發射鋁箔彈。

開始急速下降，點燃助燃器，大幅度旋轉，持續反轉。隔著座艙罩，聽到了爆炸聲。

正後方燃起紅色的火球。敵人飛彈衝進煙火中爆炸了。

「二號機！」

『二號機。』

聽到一色二尉很有精神的聲音。二號機就在斜後方的位置。

同樣的，三、四號機，五、六號機，七、八號機……，分隊是每二架組成一組。進行前後上下監視，與敵人進行空戰。

在前方雲間，看到追趕不斷反轉敵機、拖著白煙尾的90式誘導彈。白煙與敵機機影交叉，發出閃光。

『擊落！』

一色二尉大叫著。接著，在十點下方發生爆炸，三點上方也發生爆炸，燃燒火球。

都是鑽進敵人煙火中的90式誘導彈爆炸了。90式誘導彈是比響尾蛇飛彈性能更好的紅外線追蹤式飛彈。能夠考慮到追蹤，表示敵機的飛行員技巧非常高明。

『四號，繞到敵機後方！』

三號機的中井一尉告知。

『三號，三點上方有敵機！』

傳來四號機佐佐木二尉的聲音。僚機和敵機已經進入了空中格鬥戰。

『那兒交給你了。』

近藤二佐追趕右手邊的兩架敵機，看到F―15J老鷹急速旋轉。

近藤二佐盯著HUD。HUD自動變成Bore Sight（檢驗準星與槍管與目標是否成一直線）模式，雷達在前方固定，開始搜索。

雷達會自動鎖定最初飛入前方的目標。

『畜生！』

聽到中井一尉類似哀嚎的聲音。接著聽到大叫聲。

『眼鏡蛇扭轉！』

聽到這個聲音，近藤二佐嚇了一跳，看著右邊的天空。

蘇凱27的機體垂直在空中，就好像是眼鏡蛇的姿態一樣。追蹤的F－15J的機體反轉，但是卻超過了蘇凱。蘇凱從眼鏡蛇扭轉姿勢，直接翻了個跟斗，來到F－15J的背後。

『……！』

蘇凱機關槍發射。

『三號被擊中……不能控制！』

聽到中井一尉的哀嚎聲。中井一尉的F－15J被機關槍砲彈擊中尾部，開始慢慢地墜落。機體冒出黑煙，拖著長長的尾巴。

『三號，跳傘！』

近藤二佐大叫著。

『四號！敵機……』

聽到佐佐木二尉驚嘆的聲音。一看，四號機的佐佐木二尉所追蹤的蘇凱，也像眼鏡蛇一樣，在空中停留了下來，讓佐佐木機超過了他。

『他繞到我背後了！』

「四號，逃走。一號，掩護。」

近藤二佐大叫著。拉起操縱桿，機頭朝向佐佐木機的方向。

在一點上方瞥見敵人的機影。蘇凱追逐著F—15J。操縱桿倒向左側，機體旋轉。突然急旋轉，追趕敵機。

敵機是蘇凱27。蘇凱追著佐佐木機，卻急速下降，然後又反轉、旋轉。

近藤二佐點燃助燃器，急速上升。然後關掉助燃器，突然向下俯衝，身體拱成G字形，血液衝向腦部。

蘇凱機體急速上升。在衝撞之前兩機交叉。同時右旋轉，急速上升。蘇凱機體很快地飛到前面去。

太棒了！

移動操縱桿，機體旋轉，繞到蘇凱機的後方。

雷達自動捕捉住目標，發出電子聲。

鎖定！

HUD出現表示射線的十字以及圓形的準星。準星表示距離目標的射擊距離。

看來敵機也在追蹤自己。捕捉敵機的四方形格子不斷地移動，對方似乎想要逃離準星。

距離一百五十。

畜生！脫離了格子。逃離鎖定。

不斷移動操縱桿，追趕敵機。只要目標的四方格子進入準星，就要拉起操縱桿的板機。

第一段是機槍透鏡作動，而第二段則發射實彈。安全裝置全部移開。二十釐米機關槍一秒內的最大發射速度為一一〇發。持續扣板機，全彈發射完畢只要十秒鐘。

二十釐米機關槍的威力強大，這麼多發子彈一定能使敵機破裂，因此，只要扣住板機三、四秒就夠了。

「二號！」

近藤二佐叫道。聽到喀嘰喀嘰的暗號。

二號機的一色二尉拼命從後方追過來。

「二號，去吧！」

近藤二佐為了要讓目標的方格進入準星，因此，操作桿朝左右移動。敵機拼命上下左右旋轉翻身，想要讓自己超過他。

近藤二佐調整呼吸，等待準星和方格重疊的瞬間。

9

三號機的蔡海軍上尉，冷靜地注意後方追蹤的敵機。

「三號告知隊長機。被盯上。」

『四號前往支援！』

聽到沈隊長的聲音。

「不要緊。展現一下我們中國馬戲團的技術。」

『小心！不要輕忽敵人。』

「了解。」

蔡上尉笑了。

當然不能輕忽敵機。但是，想到昔日曾經蹂躪中國人的東洋鬼，現在應該是一雪多年憤恨的時候了。

已經擊落了一架敵機鬼怪，知道敵人的技巧。絕不是曾經在俄國接受過嚴格訓練的自己的敵手。即使被盯上，也有必勝的對抗手段。

放棄追趕跑到前方的敵機。後照鏡映出打算讓自己的機影進入準星的F—15J老鷹的機影。

在俄羅斯也將蘇凱27比擬爲F—15老鷹，曾經對抗過好幾次，當時從未輸過。

雷達警報裝置，發出敵機雷達鎖定機身的警告。

隨時放馬過來吧！

蔡上尉將操縱桿左倒右擺，讓機身反轉，旋轉之後急速上升，然後再反覆俯衝再上升，脫離敵人雷達鎖定。

好，接下來看我的。

蔡上尉進行左旋轉，然後俯衝。敵機也急旋轉、俯衝，然後開始急速下降。

看來敵機快要中計了。蔡上尉笑了起來，握著操縱桿，調整呼吸。

恢復水平飛行，聽到雷達鎖定的警報響起。

敵機機關槍發射，冒出了噴煙。

迅速反轉機身。機關砲彈的曳光彈從左翼掠過。

就是現在！

蔡上尉拉起操縱桿，將機頭往上抬，身體拱成G字形，覺得血液衝上腦部。機身在空氣的衝擊之下不斷震動。聽到切穿風的聲音。

看到前方湛藍的虛空以及炫目耀眼的太陽，機身垂直挺立，保持這個姿勢飛翔。眼鏡蛇扭轉！

如果不是蘇凱27，是沒有辦法進行這種空中機動的作戰方式。

敵機急速接近。慌張地旋轉機身，看到它從旁邊超過去。

蔡上尉拉著操縱桿，機身往背後傾斜，變成背面之後，看到頭頂上是湛藍的海面，就這樣子翻了跟斗跟在敵機的背後。

太棒了！蔡上尉發出會心的微笑。

敵機的機影進入準星。蔡上尉反轉機身，繞到敵機的背後。

雷達鎖定！

蔡上尉冷靜地跟在敵機的背後，操作操縱桿，同時等待準星與目標的方格重疊。手指按在操縱桿的板機上。這一次，輪到我讓你吃子彈了。

10

敵機突然啓動氣閘，將機首向上抬。

畜生！又是眼鏡蛇扭轉！

近藤二佐將操縱桿往左擺，一邊旋轉，同時從機身垂直的蘇凱身邊擦身而過。

想要扣板機，可是太接近了。回頭看著後方。

果然没錯，蘇凱將機身翻個跟斗，打算繞到自己的後面。

就像以往的作戰方式一樣，敵機中了自己的圈套。

近藤二佐將機身反轉，點燃助燃器，開始一舉上升。

『二號！發射！』

近藤二佐大吼著。聽到喀嘰喀嘰的回答聲。距離近藤機稍遠，從後方跟來的二號機的一色機，攻擊敵人蘇凱機。

機體上升。掠過尾部，看到敵人機關砲的曳光彈發射。

幾乎就在同時，蘇凱機體爆炸，被火燄包圍住。

『擊落！』

聽到一色二尉的聲音響起。近藤關掉助燃器，翻了個跟斗，看著拖著黑煙墜落的敵機。

敵機不斷地旋轉，掉落到深藍色的海面。

11

畜生！

蔡上尉抑制被撞擊的胸口傷口，覺得一陣劇痛，想要找到逃離裝置桿。但是，卻沒有拉起桿子的力氣。

機身已經中了幾發機關砲彈，燃料槽和引擎受到攻擊。火燄包圍著座艙罩。

蔡上尉心想糟糕了。

利用眼鏡蛇扭轉的方式，當敵機掠過時應該要注意另一架跟在背後的敵人飛機的動態才對。

「呼叫隊長機。三號中彈。不能飛行。」

『三號！可以飛到母艦嗎？』

聽到沈隊長的聲音。

「很勉强。已經墜落。」

『脱離！』

「了解。脱離。」

蔡上尉好幾次想要拉起脱離桿，但是桿子卻一動也不動。

「脱離桿無法作動。」

『趕快脱離！一定要脱離。』

蔡上尉在朦朧的意識當中還是握著操縱桿，但是火燄的威力太强了，機身垂直墜落。海面不斷地旋轉。蔡上尉覺悟到這是最後的時刻了。

腦海中浮現家人的臉龐，好像聽到深愛的妻子與孩子們的笑聲。這是蔡上尉最後的記憶。

12

沈中校親眼目睹拖著黑煙尾墜落的蔡上尉機。最後機身爆炸，被熊熊火燄包圍住，宛如一團火球似地墜落。

直到最後，駕駛的蔡上尉都沒能脱離。

笨蛋！怎麼可以輕忽敵人呢？

蔡上尉在「中國馬戲團」中，是能夠發揮令沈中校都驚訝的高超技術的駕駛員。但是他自信過度，在空中戰中也不與僚機互助合作，喜歡單機挑戰敵人。這是他致命的缺點。

「呼叫全機。不要忘記團隊精神。不要單機面對敵人。」

沈隊長呼籲部下，部下們陸續回答「知道了」。

HUD又顯示雷達已經捕捉到敵機機影。

在十一點上方有兩架機影F—15J老鷹。

『繞到後面去。六號，掩護我。』

『畜生！逃走了。』『發射！』『攻擊攻擊。』

無線機傳來交戰中我方機的通信聲。

隔著座艙罩，看著空中進行混亂空中戰的敵我飛機的樣子，沈中校對著傳話麥克風說道：

『管制塔呼叫雷光隊！』

「這裡是雷光。」

沈隊長回答。

『新的敵機編隊接近。是美國空軍飛機的編隊。趕緊迎擊！』

「了解。」

沈隊長檢查武器儀表板。「空鷹」的飛彈殘量只剩2枚。

空戰才剛開始呢！如果在這兒輸給美、日兩空軍，就無法取得航空優勢。

「呼叫全機。又有客人來了。這次是美國空軍軍機。向它打招呼吧！」

聽到部下們的回答。

「二號呢？」

『在四點後方。』

傳來二號機關中尉的聲音。

「跟著我。」

『知道了。』

操縱桿往左倒，機頭朝向十一點的方向。藉由後照鏡確認僚機二號機跟著自己。

13

近藤二佐拉起操縱桿，開始急速上升。

擊落一架敵機，同樣的戰法卻不適用在下一架敵機身上。

額頭冒出汗水。在戰鬥空域中，部下以強勁的蘇凱27爲對手，展開熾烈的空中格鬥戰。

『呼叫蒼鷹。第二目標敵機編隊接近！敵機機種是蘇凱27與J—7的混合編隊。』

聽到AWACS的通報。

蘇凱27又來了嗎？

「收到。」

近藤二佐回答。飛彈殘量已經爲零了。在此想要再迎戰新的敵機，的確很勉强。

「Alpha、Bravo、Charley，檢查彈藥殘量。」

『飛彈殘量零！』『彈藥殘量稀少！』……

聽到各編隊長機的回答。近藤二佐下定決心。

「管制塔，蒼鷹脫離戰場。」

『收到。游隼不久之後也要脫離戰場。』

「收到。沒有支援前來嗎？」

『黑鷹、海鷗、禿鷹不久到達戰鬥空域。』

「收到。」

近藤二佐點點頭。黑鷹、海鷗、禿鷹是五空的二〇二飛行隊、六空的三〇三飛行隊、七空的二〇四飛行隊的代號。

同時，從本土也飛來了F—15J老鷹戰鬥機隊。只要它們到達，情勢就能一舉逆轉。

『呼叫蒼鷹、游隼。騎兵立刻前往支援。接受騎兵的掩護，交替任務。』

「收到！」

牧野二佐高興地回答。騎兵是從岩國飛來的美國海軍戰鬥攻擊飛行隊的代號。是F/A—18C大黃蜂戰鬥機隊。

耳機中傳來呼叫聲。

『呼叫蒼鷹。這裡是騎兵。我們要參加派對囉！』

這是騎兵駕駛員的呼叫。近藤二佐笑著回答。

「歡迎參加派對。很高興你們來。」

『收到。』

「呼叫全機。R·T·B(回航)。會合。」

近藤二佐對部下下達命令。部下們陸續回答「收到」。

14

東京市ヶ谷台·防衛廳中央指揮所　8月3日　早上6時

中央巨大的螢幕狀況表示板上，畫著日本列島與西南群島的地圖，同時用電子標識表示敵我的兵力展開情形。

在螢幕前面排列電腦終端機的控制臺，重要的要員瞪著螢幕，進行作業。

透過金魚缸玻璃看螢幕，統幕運用課的幕僚們在作戰會議室集合。

河原端統幕議長噗通地坐在議長席上，聽負責幕僚說明狀況。統幕運用（作戰）部長新城克昌海將補手臂交疊，瞪著螢幕。

和許多統幕幕僚在一起的美國太平洋軍隊司令部派遣而來、穿著美軍制服的佐官級的連絡官們也出現了。

北鄉涉三等海佐看著狀況表示板的螢幕上，映出了第二護衛隊群與第七艦隊，和中國海軍航空母艦的位置。

負責西南航路防衛的第一護衛隊群，爲了支援第二護衛隊群，從宮古島東方十公里附近北上，而第四護衛隊群則從南九州海洋朝著琉球海域急行而去。

杉田二等海佐用紅色的雷射燈，指出在會議室牆壁上掛的小螢幕上映出的表格，並且說明。

「……根據軍事偵察衛星顯示，中國海軍航空母艦戰鬥群現在在北緯二十九度十分、東經一百二十七度二十分的位置，朝南南東的方向前進。逼近琉球本島西北一百三十八海里（約二百五十公里）海岸。

中國艦隊是以航空母艦『大連』，與輕型航空母艦『旅順』兩艘爲主的航空母艦戰鬥群。而護衛的水上戰鬥艦，則是以旅大改級飛彈驅逐艦『延安』爲旗艦的北海艦隊第一護衛艦戰隊的十五艘編成的。

同航空母艦戰鬥群的目的，是牽制第七艦隊軍事介入臺灣海峽，同時破壞在琉球本島的美日軍事基地。

琉球是美國遠東戰略的要地。使琉球基地無法使用，是佔領臺灣本島不可或缺的必要條件。

第二就是現在中國軍事政府和臺灣本島，都擁有大中國構想，認爲我們的西南群島是中國的領土。因此，對琉球本島的攻擊，可算是一種試金石。」

河原端統幕議長摸摸下巴問道。

「杉田二佐，我對於這次中國艦隊的攻擊到底認真到什麼程度而感到懷疑。中國艦隊攻擊琉球本島，到底有什麼好處呢?中國軍隊的主攻應該是佔領臺灣本島，那麼中國軍隊的意圖到底何在呢？」

「中國軍隊可能是在做危險的賭注吧！中國艦隊不打算正面與第七艦隊挑戰。可能是考慮到敵我的戰力比，認爲如果他們與第七艦隊決戰，敗退的可能性很高。這也表示中國軍事政府，並沒有覺悟到要進行真正的對美戰爭。以相反的立場來説，就好像我國或美國政府，没有覺悟到真正的對中國戰爭之前，並不打算防衛臺灣本島一樣。」

「但是，攻擊琉球的美軍基地，不就等於對美宣戰嗎？」

「中國軍事指揮部並不這麼認爲。雖是有勇無謀的做法，可是他們可能已經看出了美軍的動向。想要知道要到什麼樣的地步美軍才會真正地介入。如果中國軍隊直接攻擊第七艦隊，當然會引發中美戰爭。但是，攻擊琉球只不過是攻擊日本，並不算是挑起對美戰爭，這就是他們的判斷。因此，採取大中國政策，主張强行將琉球群島納入中國領土的一部分，進行只限定在琉球群島的對日限定戰爭。

諷刺的是，雖然以前日本軍曾經在中國大陸發動實質戰爭，但是中國領導部對其卻只當成事變來處理。而同樣的，他們也會將這次的琉球戰爭當成是一種事變。因此，並沒有做正式的宣戰就採取攻擊。他們認爲美國應該不會真正地介入僅限於琉球的局部戰爭吧！」

「他們的認識未免太掉以輕心了。」

「的確如此。可以説是一種軍事冒險主義。中國領導部不認爲美日同盟堅定，他們自以爲如果日本不捲入全面戰爭，美國就不會真正地出手干預。他們並沒有察覺到這是一大錯誤。」

「那麼，中國政府僅限於對日限定戰爭囉？」

「的確如此。這就是危險的賭博。中國極力避免與美國的全面對決，只想在我國挑起局部戰。中國認爲美國最終不會選擇日本，而會選擇中國。只要美國不介入，那麼中國就能降伏日本。美國如果執著於臺灣，中國也會對琉球執著。把琉球抓來當人質，也許會提出讓美國承認臺灣本島與中國合併的交換條件。」

「這麼説這次的攻擊只限於琉球群島的攻擊，並不是對於日本全土的攻擊嗎？難道不會對東京或橫須賀、佐世保等日本各地發射大陸彈道飛彈嗎？」

「中國飛彈攻擊的目標不是民間都市，而是自衛隊的軍事基地。其證明就是並沒有對非武裝都市進行無差別攻擊。如果意識到全面戰爭，那麼東京首都機能會癱瘓，工廠地帶也會遭受無差別的轟炸。而進行這些策略的只是對於琉球本島的設施而已。由此就可以看出他們的意圖了。」

「我不相信。中國政府真的這麼想嗎?是嗎?新城部長。」

河原端統幕議長搖搖頭，看著新城海將補。

「不管杉田二佐的想法對不對，也不管中國政府的意圖如何，但絕對不允許他們這一次攻擊琉球的行動。對我們而言，要和美軍共同擊退中國海軍航空母艦戰鬥群，就是爲了將來著想，一定要採取的行動。所以一定要考慮這一方面的策略。」

河原端統幕議長再詢問杉田二佐。

「你估計航空母艦戰鬥群的對空、對潛、對水上艦戰鬥能力如何?」

「航空母艦艦隊的主力，包括旗艦『延安』在內，有四艘旅大改級飛彈驅逐艦。這個旅大改級飛彈驅逐艦，是配備了法製響尾蛇對空飛彈，以及國產的RF61對空飛彈、FM80對空飛彈、近接對空火器等裝備的最新艦，與我們的風級護衛艦相比，擁有毫不遜色的對空戰鬥能力。

此外，還有四艘配備了與旅大改級驅逐艦同樣的對空飛彈的最新型江威級飛彈護衛艦。

旅大改級驅逐艦與江威級FF8艘鞏固周圍，護衛航空母艦群，可見得具有非常卓越的對空能力。」

杉田二佐説完之後，又看著手邊的資料。

「解析偵察機所拍攝到的照片，飛彈驅逐艦或飛彈護衛艦搭載的FM80，好像是法國製響尾蛇對空飛彈的複製品，最大射程二十公里，最大速度每秒七百五十公尺，是最新式的IR、TV、雷達等複合誘導式飛彈，擁有不亞於西方先進國家的技術水準。

這個防空艦艇的外圍，有四艘普通型驅逐艦，以及二艘普通型護衛艦護衛。而且這個航空母艦戰鬥群的周邊海域，有七、八艘散開的漢級攻擊型核子潛艇，以及普通型潛水艇。我方已經確認其中兩艘是漢級核子潛艇，一艘被擊沉，另一艘目前尚在追擊當中。

這是重要的報告。不過航空母艦『大連』『旅順』，除了垂直離陸戰鬥機亞克布雷夫Yak—38改二十架左右，還有先前没有預料到的殲擊11型改（J—11改），也就是蘇凱戰鬥機Su—27SK十幾架。蘇凱27有超過我國F—15老鷹戰鬥機的性能，成爲護衛航空母艦的要擊機，形成强力的航空戰力。

綜合這些戰鬥能力來看，中國航空母艦戰鬥群的對空、對潛、對水上艦戰鬥能力都非常强大。」

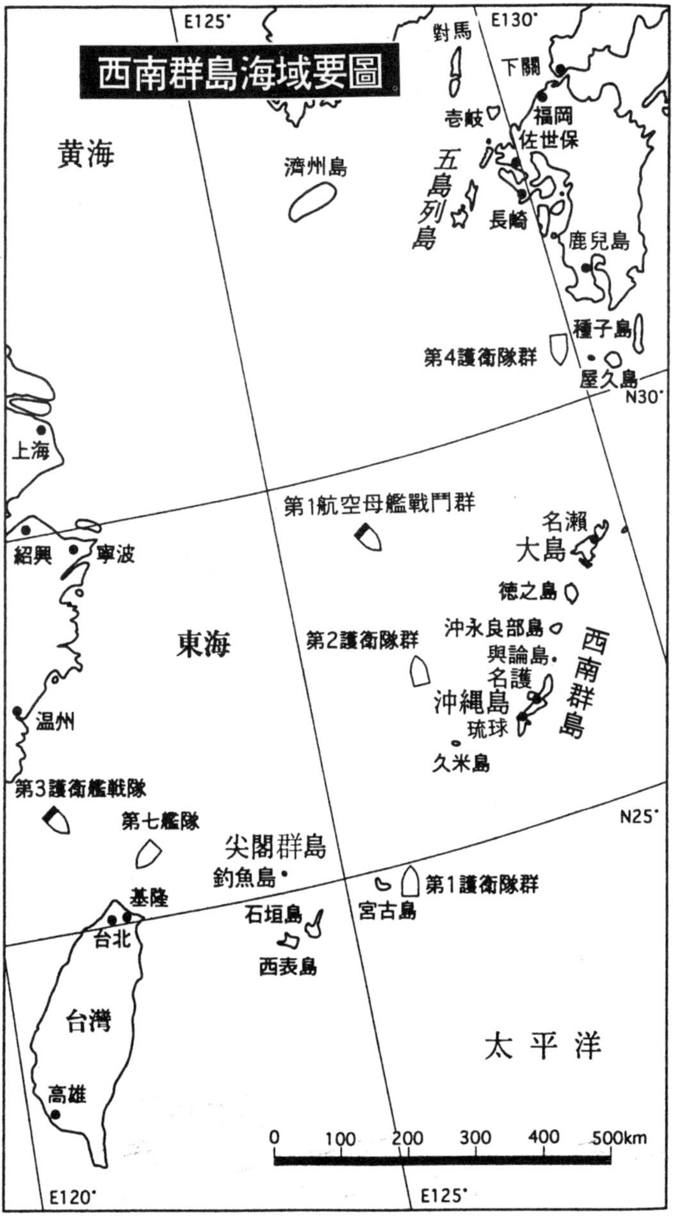
西南群島海域要圖
E125°
E130°
對馬
下關
壱岐
福岡
佐世保
五島列島
長崎
鹿兒島
黃海
濟州島
種子島
第4護衛隊群
屋久島
N30°
上海
第1航空母艦戰鬥群
名瀨
大島
紹興
寧波
德之島
東海
第2護衛隊群
沖永良部島
與論島
名護
西南群島
沖繩島
琉球
溫州
久米島
第3護衛艦戰隊
N25°
第七艦隊
尖閣群島
釣魚島
第1護衛隊群
基隆
宮古島
石垣島
台北
西表島
台灣
太平洋
高雄
0
100
200
300
400
500km
E120°
E125°

「光靠第二護衛隊群來處理是不是很困難呢？」

河原端統幕議長問道。新城作戰部長點頭說道。

「需要强力的航空支援。對於中國航空母艦戰鬥群攻擊，採用來自空中的對艦飛彈攻擊較有效。除了航空支援攻擊之外，同時讓第二護衛隊群進入對艦飛彈射程內，進行對艦飛彈攻擊。而海上支援部隊則是第四護衛隊群要全速由北南下。」

新城作戰部長看著北鄉。

「北鄉三佐，第四護衛隊群現在在哪裡？」

北鄉看著筆記型電腦的螢幕回答。

「北緯三十度四十分、東經一百二十九度五十分。在屋久島西方約八十公里附近正在南下。」

「與中國艦隊的距離呢？」

「約三百五十公里。」

要進入對艦飛彈射程一百五十公里內，必須還要靠近二百公里才行。隊群以三十節的全速力前進，大約要花三小時四十二分。當然那是指中國艦隊還在現在的地點。

河原端統幕議長點頭說道。

「第四護衛隊群要趕緊前往，與第二護衛隊群互助合作，從南北夾擊中國航空母艦戰鬥群，這樣才對戰況有利。」

「第二護衛隊群要拖住敵艦隊，多賺取一點時間，應該是可以辦到的吧！」

新城作戰部長說道。

「空中狀況如何？」

河原端統幕議長問道。新城作戰部長看著大伴二等空佐。

「關於航空攻擊的狀況，請大伴二佐報告。」

大伴二等空佐站了起來。這時小螢幕的畫面切換，映出敵我空軍機群。顯示了來自中國大陸的一些編隊的標誌，正朝著琉球海域的方向移動。

「中國空軍可能有十五個編隊，大約有五百架以上的飛機，目標琉球海域，目前正在進攻當中。綜合偵察衛星以及預警機等的情報，也出現了J—6、J—7等戰鬥攻擊機編隊護衛的輕型轟炸機H—5、中型轟炸機H—6的編隊。而空中自衛隊和美國海軍航空隊已經前往迎擊，與第一波攻擊隊交戰，給予毀滅性的打擊，擊退了對方。

配合第一波攻擊，中國海軍航空母艦的艦載機，與我國航空自衛隊要擊機隊和美國海空軍機交戰，我方受到很大的損害。原來艦載機竟然隱藏了出乎意料之外的蘇凱27，蘇凱27進攻，而性能較差的我國鬼怪戰鬥機與美軍的獵兔狗戰鬥機都被擊毀了。

而在這段期間內，有幾架亞克布雷夫攻擊機以超低空的方式侵入琉球本島空域，破壞了好幾處的美軍基地設施。

「中國空軍打算開始第二波攻擊。約有二百架飛機已經到達琉球海域。」

這時聽到緊急警報響起。北鄉涉隔著玻璃窗，看著大螢幕的狀況表示板。操作員忙著工作。

『軍事偵察衛星發出緊急通報！大陸各地探測到多數彈道飛彈發射火燄。這些彈道飛彈都指向琉球。』

聽到操作員的聲音。

大螢幕上顯示幾十條條紋，都是渡過東海湧向琉球本島的方向。

北鄉緊咬著嘴唇，心想真正的琉球戰爭即將開始了。

第二章 中國艦隊決戰

1

琉球・那霸・縣廳知事辦公室　8月3日　上午6時15分

空襲警報響起。繁雄少年蹲在黑暗的洞窟中。好像震撼地球的爆炸聲響徹洞窟，岩壁崩落。

與日本兵混在一起，許多穿著破爛衣服的女人和小孩都屏氣凝神地躲藏著。聽著不曾間斷的轟炸聲。日軍將校站了起來，以嚴肅的表情，手持軍刀，似乎在訴說著與其成爲敵人的俘虜、蒙受羞恥，還不如在這兒高呼天皇陛下萬歲，而切腹自殺算了。

軍隊把槍對著女人和小孩。一名軍人將槍口朝向自己。

繁雄少年打算高呼「天皇陛下萬歲」，但是卻叫不出來。

狩股繁雄突然醒來。覺得自己冷汗直流。今天又夢到了反覆做的惡夢。冷氣不斷地吹出冰冷的空氣。

狩股知事（市長）發現自己在辦公室的沙發上打盹。空襲警報持續以高高低低的音色響著。這時聽到敲門聲。

「知事，請起來。糟糕了。」

傳來秘書室長的聲音。窗外持續響著空襲警報。

「門開著。進來吧！」

狩股知事從沙發上站了起來，看著掛在牆壁上的鏡子。鏡中灰白的頭髮，臉上也顯露出老態。這就是現在的自己。

「知事，自衛隊本部傳來緊急聯絡。中國彈道飛彈已經朝向琉球本島飛來。可能會有幾枚落在那霸。請前往避難。」

狩股知事繞到大桌前，噗通地坐在扶手椅上。

「避難？要逃到哪裡去避難呢？」

「請到地下室去避難。即使縣廳大廈上面的樓層遭到破壞，可是地下三樓依然很安全。」

狩股知事看著掛在牆壁上的西南群島的地圖。

「一般市民沒有避難場所，爲什麼我要先逃走呢？」

「您說的也對。」

五十歲左右的秘書室長面露困惑的表情。

「算了，我留在這兒吧！即使炸彈落下來，我身爲琉球知事，一定要留在這裡。在琉球戰中，我早就抱持著必死的心。不會逃走躲藏。」

狩股知事從煙盒中抽出一根煙，叼在口中。秘書室長趕緊將手伸向桌上的打火機。狩股知事制止他，自己拿起打火機點火，點燃了香煙。

「我想聽聽看到底是怎麼回事。」

「我叫負責人來。」

秘書室長慌忙地走回門邊，叫喚在等候室等待的職員們。立刻有幾名職員跑了過來。

災害對策室長臉色蒼白地提出報告。

「先前聽到防衛廳的直接聯絡，再過幾分鐘，中國的大陸間彈道飛彈就會到達琉球各地的目標。自衛隊和美軍雖然也發射了迎擊飛彈，但是效果不彰。沒有被擊中的飛彈可能會命中那霸。」

「中國爲什麼要發射彈道飛彈呢？難道要攻擊非武裝都市那霸嗎？」

「是的。目標可能是嘉手納基地或那霸機場等基地設施。不過根據自衛隊的說明，中國飛彈的命中精度很低，恐怕除了軍事設施以外，也會有很多飛彈落在民間地區。因此，勸告基地周邊的居民要去避難。」

「原來如此。防災部長，基地周邊居民的避難措施已經完成了嗎？」

防災部長嘴巴抿成乁字型，點點頭。

「已經對全縣基地周邊五公里範圍的居民做出避難指示，但是多數居民都拒絕避難。還說不知道該逃到島的哪邊去，不遵從警察指示。」

「說的也是。我也瞭解縣民的心情。事實上，我一直反對政府的方針，不應該在琉球設立基地。應該讓美軍儘早離開琉球，也不需要自衛隊。琉球在半世紀以前就已經付出了許多的犧牲，現在又必須再付出新的犧牲。琉球遵守和平憲法，應該成爲一個沒有基地、和平，而且與所有的國家都能和睦相處的自由島才對。現在發牢騷也沒有用了。」

狩股知事嘆了一口氣。這時桌上的電話響起。秘書室長拿起聽筒。

「知道了。我會告訴知事。」

秘書室長掛上聽筒，看著知事。

「怎麼回事？」

「再過五分鐘就會著彈。請趕緊去避難。」

「你們去避難吧！我一個人留在這裡。」

「但是，如果飛機搭載著核子彈頭或化學武器，該怎麼辦？」

「到時不管逃到哪兒不都一樣嗎?我是知事，應該和縣民同命運。你們先逃，不必跟我在一起。」

職員們都沉默不語。但是沒有人展開行動，大家都已經抱持了覺悟之心似的。

狩股知事站了起來，走向窗邊。看著沐浴在早晨强烈陽光中的那霸市內的街道。許多居民在道路上，不知該何去何從。

警察誘導群衆進入大樓的地下街。還在街上奔馳的車子，幾乎只有警察或消防隊的緊急車輛而已。

狩股知事是無神論者，但是在心中卻向琉球衆神祈禱。

爲什麼要將災禍降臨在這個和平的琉球島上呢?請保護這些無辜的人吧!他們沒有任何的罪。即使犯了重罪，琉球的人在過去也已經補償了罪過。神吶!請您保護琉球的大地與人民吧!

這時看到西方天空點點黑影來到附近。

那霸周邊的基地也有幾十顆拖著白煙尾的迎擊飛彈，朝著天空奔馳而去。

電話響起，秘書室長拿起聽筒。

「不久，飛彈就要著彈。」

狩股知事無所事事地交疊手臂俯看著街道。

看到有黑色的飛彈彈影，從北邊的雲間穿過落下。黑影落在街上，光芒一閃，狩股知事閉上眼睛，持續向衆神祈禱。

聽到好幾聲淒厲的爆炸聲。玻璃窗不斷地震動，大樓牆壁搖晃，狩股知事張開眼睛。那霸市內各處都冒起黑煙。普天間基地方向湧起巨大的爆炸雲，職員們都跑向窗邊。

「知事！趴下！」「危險！」

職員們全都趴下或蹲下。

突然，又有一枚黑影掠過頭上。狩股知事瞪著天空，一動也不動地站著。影子掠過大樓上，朝向那霸機場的方向消失了。不到數秒鐘，突然空氣搖晃。間不容髮之際，突然出現震耳欲聾的巨大聲響。附近的玻璃窗都破裂了，腳邊的大樓不斷地震動。玻璃碎成細小的破片，閃耀著光芒在天空飛舞著。

瞬間，不知道是誰撲向狩股知事的身上，抱著他滾在地上，發出哀嚎聲。這時不知道哪裡發生連續爆炸。聽到好幾次的著彈聲。

狩股知事揮開抱著自己的秘書的手，站起身來隔著沒有玻璃的窗子看著那霸街道。

街道並沒有燃燒。不是核子彈爆炸。

狩股知事鬆了一口氣。

感謝衆神並不是核子彈爆炸。港口方向以及美軍基地方向冒出幾道黑煙。大約有十數道。

聽到消防車奔馳而去的警笛聲。

不知道是誰打開了電視。NHK開始播放新聞。主播以激動的心情反覆播放臨時消息。

『先前那霸市內有幾枚中國彈道飛彈落下爆炸。根據我們收到的情報，包括那霸市在內，那霸港、牧港、普天間、瑞慶覽、嘉手納等各基地以及周邊地區，有許多飛彈集中落下。很多市民都趕緊到附近的大樓、地下室、防空壕避難。彈道飛彈的彈頭可以搭載化學武器或是毒氣。請緊閉窗子，不要到屋外。這不是演習。

根據防衛廳發表資料，琉球北邊有中國的航空母艦艦隊，開始對日本展開攻擊。還有許多來自大陸的轟炸機及攻擊機湧入琉球本島。所有市民都必須要嚴密警戒。

日本政府當局今天早上黎明時分舉行緊急記者會。宣布與中國進入戰爭狀態。因此，濱崎首相成爲最高司令官，對於陸海空自衛隊發動防衛出動命令。琉球自衛隊和美軍共同阻止中國空軍及海軍的攻擊，將全力進入迎擊態勢。……』

狩股知事呆呆地看著電視畫面。

2

「多數彈道飛彈在琉球本島各地著彈。並不是核子彈頭，只是普通型炸彈。」

聽到來自空中自衛管制塔消息的通信士，手按著接收器，告訴二階堂艦長。

二階堂艦長鬆了一口氣，和湯島三佐對望。

萬一，核子武器真的落在琉球，美國政府絕對不會坐視不顧。可能會對中國進行核子武器報復。整個世界就從中日戰爭開始，可能會發展爲中美戰爭，或者是第三次世界大戰。此外，在遠東地區的局地限定戰爭也能夠獲救。

護衛艦「山雪」乘風破浪地航行。四座燃氣渦輪引擎發出猛然的低吼聲。其震動甚至傳到了CIC室。

二階堂艦長感覺到船艦的震動，看著電子狀況表示板。

來自中國大陸的敵機編隊的紅色標誌陸陸續續呈波狀湧來。敵人中國空軍的第一波攻擊，因爲空中自衛隊要擊戰鬥機隊以及美國空軍機和海軍戰鬥機隊進入前方，而遭到擊退。

現在空軍自衛隊要擊戰鬥機隊，和美國海軍航空戰鬥機隊，與中國航空母艦艦隊派出的艦載機，正在進行空中戰。勝敗未定。

ＡＷＡＣＳ已經捕捉到第二波的中國空軍攻擊隊從大陸湧來的訊息。

通信士從艦橋通話器告知。

『艦長，來自旗艦的聯絡。請恢復圓形陣型。』

「好。副艦長，船艦恢復圓形陣型。」

二階堂艦長命令副艦長户田一尉。户田副艦長複誦一次，艦首大幅度朝左航行。

「艦長，開始第二波攻擊。敵人第一編隊距離一百二十公里。第二編隊距離一百七十公里。第三編隊距離一百八十公里。第四編隊距離一百九十公里。都是五十幾架飛機的編隊。空軍自衛隊戰鬥機隊和美國空軍軍機，對各編隊展開迎擊。」

聽到操作員叫著。二階堂艦長看著螢幕。

狀況表示板上顯示空軍自衛隊的Ｆ—15老鷹戰鬥機隊，和Ｆ—4ＥＪ改鬼怪戰鬥機隊、美國空軍大黃蜂戰鬥機隊、獵兔狗海軍戰鬥機隊前往迎擊的標誌在閃爍著。

有一部分已經和第一、第二編隊交叉。湯島室長用手指著映在螢幕上的紅色標誌。

「根據ＡＷＡＣＳ的報告，第二編隊是輕型轟炸機Ｈ—5的編隊。第二編隊可能是要對於我國的護衛隊群或運輸船，採用對艦飛彈攻擊的部隊。而第一編隊則是其護衛的J—7戰鬥機隊。」

「第三編隊也是攻擊轟炸機隊嗎？」

「不，第三編隊好像是護衛第四編隊的J—7戰鬥機隊。」

「第四編隊是轟炸機嗎？」

「根據偵察衛星以及偵察機的觀測，第四編隊是JH—7轟炸戰鬥機，以及Q—5對地攻擊機的編隊。並不是對著我方艦隊，而是朝向琉球本島而去。」

操作員以高亢的聲音叫道。

「接到AWACS的通報。敵人在大陸方面出現第三波攻擊隊。」

「第三波攻擊隊出現了嗎？」

二階堂艦長叫道。

狀況表示板上出現幾個由大陸沿海部前進的敵機大編隊的標誌。機數達三百架以上。相信跟在其後，大陸各基地也會陸續派出飛機。這是中國軍隊最拿手的人海戰術。二階堂艦長覺悟到這將是一場非常慘烈的戰爭。

「問題在於我方的要擊隊，在第二編隊或第四編隊的對艦飛彈發射之前，該如何擊落敵人的攻擊機。」

湯島室長對二階堂艦長說。

即使護衛隊群的對空戰鬥能力很高，但是不可能一下子應付五、六十發的對艦飛彈。迎擊飛彈當然不是百發百中，就算在理論上可以迎擊，但實戰上會發生什麼情況也不得而知。發射飛彈有可能無法發射，或是發射臺會發生什麼意外事故等也不一定。

護衛隊群的任務是防衛琉球本島，因此，必須忍受敵人的航空攻擊，要給予在近海的中國航空母艦艦隊迎頭痛擊，將其趕走。

『敵機編隊接近！距離一百六十公里。』

聽到ＡＷＡＣＳ的通報。

二階堂艦長下達命令。

「準備對空飛彈戰鬥。」「準備對空飛彈戰鬥。」

聽到複誦聲。

「與中國艦隊距離多少？」

「距離約一百海里（約一百八十公里）。」

還沒進入90式艦對艦飛彈射程內。

「回到艦橋。」「艦長，回艦橋。」

二階堂艦長和室長湯島三佐互相敬禮。

一直待在狹隘的空間中，看著螢幕、操作電子機器並不是自己的個性。二階堂艦長心裡這麼想。所以精神上感覺非常疲累。想趕緊回到艦橋，吸吸海風。

二階堂艦長趕緊奔上階梯，進入艦橋。户田副艦長和操舵員等，都以鬆了一口氣的表情迎接二階堂艦長。

「接到中央指揮所來電。空軍自衛隊部隊開始對敵人航空母艦進行飛彈攻擊。」

通信士告知。

終於開始戰爭的反擊了。二階堂艦長面對海戰，難掩緊張的神情。

3

中國空軍第八轟炸機師團第十六航空連隊的轟炸5型三十六架飛機，按照飛行隊（中隊）每九架組成楔形編隊，以超低空的方式朝向琉球海域飛去。波濤萬丈的海面就在眼前。

第十六航空連隊第二飛行隊隊長錢空軍中校，隔著轟炸5型的座艙罩看著組成編隊的僚機的狀況。

中國空軍傾出全力，發動第二次攻擊。第一次攻擊投入約兩百架的殲擊7型與殲擊6型戰鬥機，進行攻擊敵人、迎擊戰鬥機隊的作戰。但是，沒想到美日航空戰力不容輕侮，無法得到當初所想到的航空優勢。

因此，再度投入兩百架的殲擊6型、殲擊7型爲主體的戰鬥機隊，想要攻擊敵人的迎擊戰鬥機隊。在這段期間內，第八轟炸師團的第十六航空連隊、第九轟炸師團第二一航空連隊，總計七十架的轟炸5型，保護航空母艦艦隊，抵禦日本艦隊的攻擊。先行的各戰鬥機隊，與中國海軍航空母艦艦載機隊互助合作，與美日兩軍的戰鬥機隊正在進行激戰中。目前敵我雙方都無法確保航空優勢。

「準備發射『海鷹』！」

聽到副操縱士張中尉的複誦，告知轟炸士。

『發射準備完成。』

轟炸士立刻回答。

轟炸5型是昔日蘇聯開發的伊留申I1—28，西方稱爲「獵兔犬」，而中國允許生產的雙發輕型轟炸機。機體則是一、兩代前的舊式轟炸機，不過進行近代化修改，搭載兩枚國產對艦飛彈「海鷹」4型，安裝了空中發射裝置。

HY—4「海鷹」4型射程一百五十公里。發射之後到中途爲止還是採用自動駕駛的方式飛行，到了最終階段時，則採取自動雷達導向方式。

『敵機編隊急速接近！確認敵人誘導彈發射。距離四十公里。攻擊隊立刻閃躲飛彈。』

預警管制機發出警告。錢隊長對管制官大吼。

「敵人編隊嗎？我方的戰鬥機隊怎麼回事？不是應該已經完全掃除了敵人迎擊戰鬥機隊嗎？」

『敵機編隊爲鬼怪戰鬥機隊！飛彈到達時間大約四十秒後。我方護衛戰鬥機隊正前往支援。』

「我們的護衛戰鬥機的位置在哪裡？」

『距離八十公里的位置。大約花兩分鐘才能到達。』

錢隊長點點頭。護衛戰鬥機隊負責對付敵人的迎擊機。第一次攻擊中並沒有充分擊潰敵人。只能靠我們來戰鬥了。

「到乙地點爲止，還剩二十公里。」

張副操縱士大吼著。錢隊長苦著一張臉。

還沒有辦法充分進入射程內。的確利用對艦飛彈「海鷹」擊潰敵人艦隊，必須要在一百五十公里以內的距離。但似乎已經沒有時間了。

錢隊長解開無線電靜默，向傳話麥克風下達命令。

「告知全機。進行誘導彈的閃躲運動。各機到達乙地點時發射『海鷹』。散開！」

『二號機，了解。』『三號機，了解。』『四號機，了解。』……

聽到僚機很有元氣的回答聲。大家對於第一次的實戰士氣高昂。

「敵誘導彈急速接近，距離十。閃躲。」

預警管制機的管制官告知。

錢中校拉起操縱桿，按下風門，拉起高度。離開波濤洶湧的海面。對艦飛彈在超低空無法發射，所以必須要抬高高度。

『高度二〇〇。三〇〇。四〇〇〇公尺。』

副操縱士張中尉數數。在四〇〇〇公尺時恢復水平飛行。如果再繼續上升，恐怕會被搜查雷達發現。

威脅雷達波警戒措施發出了不快的電子警戒聲，敵人飛彈接近。難道來不及了嗎？

「到乙地點還有十四公里。」

張副操縱士回答。

從乙地點到達目標的日本艦隊的距離，大約是一百五十公里。

『二號機！視認敵人飛彈！在十一點上方！』

聽到二號機好像哀嚎似地通報。

錢隊長瞥向左後方。才開始上升的二號機突然機身傾斜，急速旋轉。機體的姿勢瓦解。與在前方飛翔的黑影交叉。

「隊長！」

張副操縱士大叫。

「打出欺瞞彈！」

錢隊長大叫命令著。欺瞞彈朝前方上空噴出。引起小爆炸，鋁箔雲散開。機體鑽入閃閃發光的雲下。

飛彈衝入鋁箔雲中，急速爆炸。機體不斷搖晃，似乎即將要落入海面。錢隊長拉起操縱桿，拼命將機體打直。

『目標設定完成。』

從通話器傳來轟炸士的報告。

「距離乙地點十公里。」

張中尉告知。還要一點時間。加油！錢隊長不斷鼓勵自己。

「……七號，中彈！啊……」

從接受器聽到慘叫聲。

『四號，無法操縱！』『八號，中彈。墜落！』

聽到部下陸續傳來哀嚎似的通話聲。錢隊長看看左右，已經有幾架墜落海面，濺起高高的水柱。

畜生！

『飛彈接近！一點上方！』

響起戰術航空士的聲音。看著一點的方向，黑影急迫追來。

錢隊長還沒下達命令之前，張副操縱士已經按下按鈕，對前上方發射欺瞞彈。

鋁箔雲擴大，千鈞一髮之際，飛彈衝了進去，在頭頂上爆炸。

機體受到極大的震撼，駕駛座產生劇烈搖晃。操縱桿沉重，機頭下降。

打開風門，將速度不斷地提高到極限。機體已經降落到海面附近。

「高度一〇〇！一三〇。二〇〇！」

錢隊長用手臂擦拭了額頭上的汗水。升降舵不管用。可能已經中彈了。

「報告損害！」

『水平尾翼中彈！一半右翼被揪下。機身上部開了大洞！』

戰術航空士報告。沒有大損害，還能夠飛翔。

「『海鷹』呢？」

『無異狀！』

轟炸士回答。

「高度三〇〇。距離乙地點五公里！」

張副操縱士告知。

「第一飛行隊各機！跟來了嗎？」

『三號！』『五號！』『六號！』……

只有三架回答。

「第二飛行隊！」

『由於中隊機被擊落，由十號負責指揮。第二飛行隊有五架生存中。』

「第三飛行隊呢？」

『二架。』

三十六架轟炸隊在第一波敵人飛彈攻擊當中減少爲只剩十一架。

「不久到乙地點！距離一公里！」

畜生，一定要到發射地點才行。

『敵機接近！保持警戒。』

預警管制機發出通報。

「通過乙地點！」

在間不容髮之際，錢中校下達命令。

「發射！」『發射！』

左翼下的「海鷹」沉重的彈體慢慢脱離。拖著白煙尾下降。噴射推進裝置點火，「海鷹」的速度突然增加，開始上升。

到達既定的地點之前，是使用自動駕駛的方式飛翔。在接近目標之後，變成超低空飛行。然後自己發出雷達波搜查、鎖定目標，然後衝過去。

「通知全機。作戰終了。立刻脱離戰場。右旋轉，到丙地點會合。」

錢中校對著通話麥克風下達命令。

操縱桿往右倒，打開風門，增加引擎功率。低空盤旋很危險，但是要躲避敵人飛彈，只能這麼做。

爲了防止速度減慢，又打開風門。蹬方向舵。機翼傾斜。朝著海面緩緩移動，做了一百八十度的方向轉換。

「高度三四〇。航向二七〇。朝丙地。」

張副操縱士告知，錢機長將飛機恢復水平飛行。倒下操縱桿，慢慢降低高度。打開風門，將引擎功率增加到最大。速度並未增加。錢隊長面露凝重的表情。

「高度二五〇。二〇〇。一六〇。」

『誘導彈急速接近！距離八公里。』

湛藍的海面就在眼前。白色三角波從後方掠過。

「高度一五〇。一二〇。一〇〇。九〇。」

錢機長還在降低高度。部下僚機也拼命跟著。

「高度八〇。七〇。六〇。五〇。四〇。三〇。」

張副操縱士讀著高度計。到三十公尺時恢復水平飛行。

『飛彈急速接近！閃躲。』

航空士告知。電子警戒聲響起。

「閃躲！」

錢中校大吼著。

「發射欺瞞彈！」

張副操縱士複誦，按下發射按鈕。從機身後方打出欺瞞彈。在後方形成干擾雷達用的鋁箔雲。好像躲在雲中似地持續飛行。錢中校隔著座艙罩看著後方。

「發射欺瞞彈！」

張副操縱士又按下發射按鈕。銀箔雲在後方打開。

「來吧！」

前機長將引擎功率提高到最大，壓下操縱桿，維持超低空飛行。

聽到咚咚的爆炸聲，機身一陣搖晃。飛彈衝入背後的銀箔雲中爆炸。接著又一枚。這次是在斜後方爆炸。

「三號機中彈。」

張副操縱士叫道。錢機長緊握操縱桿，隔著座艙罩看了左後方。右翼中彈的轟炸5型的機身燃起火燄，衝向海面。在海面濺起大水柱。

『六號，中彈！無法操縱！墜落！』

從接收器傳來悲痛的聲音。聲音在中途變成哀嚎，突然消失了。

「六號機！回答。」

錢機長大吼著。接著又陸續出現爆炸聲。敵人的空對空飛彈陸續擊落僚機。

『誘導彈接近！』

張副操縱士按著欺瞞彈的操縱按鈕叫道。

「機長，五號機中彈！」

在右後方超低空飛行的五號機，第一引擎被擊中，衝向海面。

『機長！敵機接近。距離二十二公里。』

「畜生！我們的護衛戰鬥機還沒來嗎？」

錢機長緊咬著嘴唇。

4

第八三航空隊第三〇二飛行隊F—4EJ改鬼怪戰鬥機隊，前進到遙遠的東海海上，打算迎擊敵機編隊。

『敵人轟炸機編隊迴轉，開始撤退。』

聽到AWACS機的操作員告知。

第八三航空隊第三〇二飛行隊長牧野二佐，看了一眼在HUD浮現的敵機機影。

全機都發射中距離空對空飛彈AIM—7麻雀。現在武器儀表板自動變成接近空對空飛彈攻擊方式。

飛彈殘量四枚。都是紅外線追蹤方式的90式誘導彈。

『又擊落一架敵機!兩枚都命中。』

在後部座席的川上二尉大叫著。敵機是伊留申輕型轟炸機,已經發射完對艦飛彈,企圖脱離戰場。

『與敵人轟炸機編隊的距離爲十五公里。敵機以超低空飛行,打算飛回大陸。』

川上二尉説道。

想逃走嗎?牧野二佐透過HUD,追著敵人轟炸機編隊的身影。

高度三萬五千呎。一・八馬赫。

敵人轟炸機編隊正以〇・八馬赫的亞音速逃走。

『貓頭鷹呼叫山貓。敵人戰鬥機隊接近。看到護衛轟炸機隊的戰鬥機隊。方位二八五。距離四十公里。敵機機種爲J—7或J—6。警戒飛彈攻擊。』

聽到AWACS的通報。

不久之後開始第二波攻擊。現在F—15J戰鬥機隊和美國空軍F/A—18大黄蜂戰鬥機隊,正迎擊又重新湧入的兩百架以上的戰鬥機,正在激戰中。

敵人方面,中國海軍航空母艦艦載機的蘇凱戰鬥機,和亞克布雷夫Yak—38戰鬥機也跟隨在後,勝敗未定。

燃料彈藥用盡，暫時回航那霸機地的三〇二飛行隊與三〇一飛行隊，補充燃料及彈藥後，準備迎擊正對護衛隊群發動攻擊的中國轟炸機隊，而再度投入戰場。

『視認敵機。距離十公里。』

隔著接收器傳來後部座席的川上二尉的聲音。

「在哪？」

牧野二佐隔著座艙罩，從雲間縫隙看到湛藍的海。但是霎時又看不清楚了。

『一點下方！四架，不，有五架。』

看著雷達的螢幕。點點映出敵人H—5輕型轟炸機的機影。和顯示波浪的影子能夠清楚地區別。

牧野二佐讓機身傾斜，俯看海面。瞥見敵機的機翼，在陽光下閃閃發亮。很好。能夠確實目視辨認。牧野二佐解除無線電靜默，命令全機。

「Alpha、Bravo、Charley（A編隊、B編隊、C編隊）！有兩隻狐狸。」

『收到。』『收到。』……

聽到編隊各機的回答。

「準備迎敵！」

牧野二佐將機身傾斜，急速下降。HUD表示已經捕捉到最短距離的兩個目標。

飛出雲間。看到藍色的廣大海洋。迷彩的敵機編隊機身在海面低空飛行。

高度二萬。與敵機距離七千公尺。

『雷達鎖定！』

聽到川上二尉的聲音。HUD出現在範圍內的表示。

等待90式誘導彈紅外線搜索器捕捉到目標。

搜索器發出電子聲。

「發射！」

按下操縱桿的發射按鈕。從機身兩翼的末端，有兩枚飛彈冒著白煙飛翔。拖著白煙尾的飛彈逐漸提升速度，掠過海洋，朝著鈍重的雙發轟炸機奔馳而去。

飛彈殘量二枚。

看到幾條白煙湧向敵機編隊。僚機也發射了飛彈。

『貓頭鷹呼叫山貓。敵機編隊距離三十。確認飛彈發射。警戒。』

護衛的戰鬥機隊來了嗎?現在只能採用接近空對空飛彈方式。敵機發射的一定是雷達導向的中距離飛彈。

高度一萬。

牧野二佐將機身反轉，保持水平飛行。背面朝下，隔著座艙罩看著海面。看到白煙陸續攻向敵機編隊。

敵機打出照明彈，到處都冒起了紅色的火燄。飛彈命中火燄，也有穿過火燄命中敵機的飛彈。

在接近海面附近爆炸。熊熊燃燒的敵機陸續墜落海面，濺起白色的水花。

『命中！兩枚都命中。』

川上二尉叫道。

『擊落！』

僚機也發出了擊落敵機的報告。

這時ＲＷＲ（雷達警戒收訊裝置）發出了電子聲。ＨＵＤ也顯示飛彈接近，出現了表示飛彈飛來的方向和箭頭的數字。敵人飛彈從正上方飛來。

『敵人飛彈接近！兩枚。距離九公里。』

這一次輪到自己被飛彈追逐。

『飛彈是ＰＬ—３、ＰＬ—４！』

ＰＬ—３原本是響尾蛇飛彈的複製品，前蘇聯製空對空飛彈Ｋ—13加以改良，變成了獨特型式的飛彈。有紅外線追蹤方式的Ｒ—３，以及半自動雷達追蹤方式的Ｒ—13。這就是中國生產的ＰＬ—３、ＰＬ—４。

「閃躲！」

牧野二佐對著麥克風叫著，開始急速下降。逐漸逼近海面。高度四千。RWR不斷地發出聲響。

「飛彈！距離一千。」

「發射鋁箔彈！」

牧野二佐發射鋁箔彈。在機身後方散開鋁箔雲。

拉起操縱桿，抬起機頭。點燃推進器，身體拱成G形。感覺身體承受了巨大的壓力。同時連續發出照明彈。

敵機通常會同時發射半自動雷達導向式飛彈，以及紅外線導向式飛彈兩枚。其中有一枚會擊落目標。

飛彈從上方急速下降，衝了過來。即使是具有機動力的高性能飛彈，如果急速下降之後，想要抵擋重力再急速上升也很困難。

後方的鋁箔雲中響起了爆炸聲。接著又有另一枚飛彈衝入鋁箔雲中爆炸。牧野二佐鬆了一口氣，放鬆緊張的表情。

太棒了！RWR的警報聲消失。

「敵機接近！一點上方。」

川上二尉大叫著。牧野二佐透過HUD，追蹤敵機的身影。雷達捕捉到機影。繼飛彈之後是敵機。

敵機從上方降落攻擊。牧野二佐拉起操縱桿，機頭朝向敵機的方向，點燃助燃器，急速上升，身體彎成G形。

如果與敵機正面相對，就不容易進入敵機的射線中。

武器儀表板的按鈕變成了機槍方式。HUD出現了準星。準星環自動變大，捕捉敵機機影。敵機是J—6。敵機機影進入環中心的格子裡。

5

中國空軍第五航空師團第二一〇戰鬥機師團第八飛行隊的曹空軍上尉，將殲擊6型改的操縱桿往前倒，急速下降。

敵機給予我方轟炸機相當大的損害。難道來不及了嗎！

畜生！曹上尉非常生氣。敵機躲掉兩枚「空鷹」。剩下的進行接近空中格鬥戰，一定要將其擊落才行。

在正面可以看到的敵機鬼怪突然急速將機頭掉轉，朝向正面衝過來。因此脱離了射線，但是射線還可以修正。

問題是，一旦對方進入自己的射線內，自己也進入敵人的射線。當敵機進入射線的瞬間就加以射擊，但是自己又要脱離敵機的射線才行。如果逃的太慢就會被擊落。

「六號，掩護！」

曹上尉命令僚機安少尉。

『了解！』

安少尉跟在斜後方。萬一自己被擊中時，也可以請安少尉擊落敵機。

敵機的機影進入方格中。握住操縱桿，讓敵機的機影進入光點。敵機進入射線中。

就是現在!曹上尉按下機關槍發射按鈕。三座三十釐米機關槍一起發射。發射後擺盪操縱桿，反轉脱離敵人的射線。

來得及脱離嗎？

機頭朝上。將身體拱成G字型。好沈重啊。必須抵擋重力，機身往上衝。

感覺機身出現劇烈震撼，難道中彈了嗎？

曹上尉看著後照鏡，看到尾部垂直的尾翼被擊得粉碎。

6

鎖定！

按下操作桿的發射按鈕。機關砲彈發射出去。同時關掉助燃器，反轉迴轉脫離敵機的射線。稍不留意，敵人的機關砲彈擦過機身。敵機也轉身想逃。

經過一連串的掃射，幾枚砲彈粉碎敵機的尾翼。失去尾翼的敵機突然失去平衡，呈現一個大弧形飄然墜落。

「擊落！」

『敵機！二點上方。』

川上二尉大吼著。牧野二佐在間不容髮之際將操縱桿往右擺，反轉機身。一個旋轉閃躲敵機的追擊。

敵機急速上升，同時在空中翻跟斗，由上空俯衝，想要繞到牧野機的後面。

牧野二佐往右旋轉，看著敵機的動態。將武器儀表板的按鈕切換爲接近對空飛彈攻擊方式。

就算敵機不在射線上，但是90式誘導彈只要捕捉到敵機發出的紅外線，就能自動追蹤並加以擊落。而HUD也顯示雷達捕捉到敵機機翼。

雷達鎖定！

7

安少尉緊抿著嘴唇。曹上尉的五號機失去了尾翼，在熊熊火焰的包圍中墜落。

「曹上尉！快逃離！」

没有回答。

「曹上尉！」

安少尉移動操縱桿。機身傾斜翻轉之後追趕敵機。敵機開始往右繞，繞到後方發射機關砲彈。急速下降，想要旋轉追擊鬼怪。

鬼怪似乎察覺自己的動態，開始急速上升。安少尉急速下降之後，拉起機頭保持傾斜，同時往左旋轉。盤旋之後繞到敵機後方。

即將逼近敵機。將身體彎成G形，感覺血液上衝。

畜生。怎麼這麼快呢?追不上你嗎?

敵機雖是矮胖的機身，但是旋轉半徑比殲擊6型更小。

安少尉對於不知什麼時候跟著後方的鬼怪的機動性感到非常驚訝。就這樣被對方跟蹤了。安少尉拉著操縱桿，想要反轉逃走。

8

90式誘導彈的搜索器稍晚發出嗤嗤嗤的電子聲。

「發射!」

牧野二佐冷靜按下發射按鈕。右翼下方出現一道白煙尾朝前方衝去。白煙迅速旋轉，朝向翻個跟斗之後降下的J—6衝去。

牧野二佐將機身反轉，開始急速上升。

飛彈正確捕捉到機影交叉飛去。白煙與黑煙混雜，在空中爆炸。擊落!

剩下一枚飛彈。這場比賽真不過癮，牧野二佐看著周圍的空域。

『三號中彈！』

三號機的大森一尉大聲叫著。

「四號！掩護。」

『四號，被敵機追擊中！』

四號機的內間二尉回答。牧野二佐看看空域。

四號機到底在何處呢？

『中彈！冒出火焰。』

大森一尉發出哀號聲。在一點下方看到鬼怪機影冒出黑煙落下。

9

安少尉即刻想逃離燃燒的座艙。

燒到燃料槽的火逼向座艙。機體不斷旋轉，海面和雲好像不斷旋轉著。

「六號中彈！無法操縱。」

安少尉向隊長機報告。隊長機回答。

『六號，逃出！』

安少尉拉著逃出桿。但是，射出裝置無法啓動。

「無法逃出！」

『六號，更換爲手動！』

安少尉拉起手動桿。這時防風罩脱離，吹向空中。聽到撲撲的風聲。接下來的瞬間射出裝置點燃，安少尉連同駕駛座一起被彈往空中。

安少尉的身體劇烈搖晃。降落傘張開的震撼襲擊著安少尉。即將碰到藍色的海面。看到海面濺起水花。愛機墜落。

意識昏迷。安少尉跌入灰暗世界中。

10

「飛彈接近！距離五十公里。」

通信員告知。

第二護衛隊群旗艦宙斯盾護衛艦ＤＤ１７４「霧島」的艦橋瀰漫一股緊張氣氛。

從前甲板的VLS自動發射了幾枚SAM標準SM飛彈，拖著白煙尾急速上升。前部甲板的VLS9標準SM飛彈，以及後部的VLS10飛彈都發射了。

『飛彈殘量前部20、後部50。』

聽到CIC室的報告。總計還有七十發標準SM飛彈。DDG「島風」在一定的間隔之後，各發射一枚的標準SM飛彈，朝向天空的方向飛翔而去。

「『島風』發射五枚SAM！」

偵查員叫道。因此，標準SM飛彈總計發射了二十三枚。

坐在司令席上的一乘寺海將補，以嚴肅的表情看著海面。

坐在對面艦長席的向井一佐傾聽CIC室的報告。幕僚杉本二佐以緊張的心情拿著望遠鏡觀看波濤洶湧的海面。

旗艦宙斯盾護衛艦DD174「霧島」和DDH143「白根」，以及補給艦AOE423「常磐」三艘在中心，DDG172「島風」率先，右邊則是DD129「山雪」、DD130「松雪」、DDG102「春雨」、DD156「瀨户霧」、DD158「海霧」六艘形成圓形陣型航行。

周邊海域上空有對潛巡邏直昇機和對潛巡邏機P——3C飛翔，進行搜索敵人的潛水艇工作。航空自衛隊的要擊戰鬥機隊已經在前方出動，迎擊攻擊護衛隊群和琉球本島的敵機。

ＣＩＣ室捕捉敵人的對艦飛彈爲二十三枚。

ＳＡＭ標準ＳＭ飛彈迎擊的第一防禦線，是在距離艦隊約半徑三十公里的範圍。首先必須在第一防禦線擊潰逼近的對艦飛彈。

「不久到達會敵時刻。」

通話員按著通話器告知。向井艦長和杉本二佐互相點點頭。

「可能有幾枚飛彈會突破防禦線。」

「真希望將其全部擊落。」

向井艦長喃喃自語的說著。杉本二佐也有同樣的心情。

越過距離艦隊半徑二十公里第二防禦線的對艦飛彈，包括短ＳＡＭ・海上麻雀等待迎擊。

萬一海上麻雀没有擊中目標，剩餘的手段則輪到一二七釐米速射砲和62口徑七六釐米速射砲出場。這是第三防禦線。

對於突破這些防禦線的飛彈，最後階段只能用二十釐米ＣＩＷＳ加以擊落。即使安排了三段、四段的防禦陣容，但是還是無法安心。因爲想要擊落對艦飛彈非常困難。

「艦長，爲了以防萬一，請你移到ＣＩＣ室好嗎？」

「你去對一乘寺司令說吧，不論發生什麼事情，我都要待在艦橋。」

向井艦長以堅定的態度說著。但是一乘寺司令似乎也不想進入ＣＩＣ室。兩人的確是武人中的武人。

『報告艦長，標準ＳＡＭ陸續擊落敵人飛彈，有六枚突破防禦線飛來。』

ＣＩＣ室的操作員告知。

「有六枚嗎？」

向井艦長以凝重的表情說著。一乘寺司令則是面無表情，手臂交疊瞪著虛空。

11

第八航空團第六飛行隊的Ｆ—４ＥＪ改鬼怪戰鬥轟炸機隊十二架，保持無線電靜默，以掠過海面的超低空飛行方式朝中國艦隊飛行而去。

無論是哪一架鬼怪機，機身下方都搭載一個落下槽，翼下則搭載二枚對艦誘導彈以及四枚空對空誘導彈。

在遙遠的上空，伴隨F—15J的老鷹戰鬥機隊應該已經做好攻擊敵人要擊機的準備了。但是從低空無法看到老鷹戰鬥機隊的機影。

揚起白色三角波浪的藍色海洋就在眼前。

高度六十五呎。如果高度再下降，就會將海水吸入空氣吸入口，使得引擎遭到破壞。第六飛行隊隊長佐佐木二佐，看著HUD所表示的中國海軍航空母艦艦隊的艦影。搜索雷達清楚捕捉到航空母艦「大連」的艦影。

十二架呈鉤形編隊，掠過海面飛翔。以這個高度飛行敵人的雷達很難捕捉到。

『距離目標一〇〇。警戒敵機。』

聽到接收器傳來AWACS操作員的聲音。

『飛彈發射準備完成！』

後部座席的戰術航空士橘二尉告知。

93式空對艦誘導彈ASM—2射程一百公里，屬於國產的對艦飛彈。搭載渦輪引擎。誘導方式採取慣性飛行，最終誘導時則是採取紅外線畫像方式。因此，固體火箭推進方式和終端誘導，比起自動雷達導向的80式空對艦誘導彈ASM—1而言，射程拉長許多，命中率也提高了。

進入對艦誘導彈的射程內時，佐佐木隊長豎起拇指，對於在左右飛翔的僚機送出

GO的訊息。解除無線電靜默。

拉起操縱桿，拉高機頭。機身開始上升。

高度五〇〇呎。六〇〇。七〇〇。HUD顯示進入射程範圍內。

雷達鎖定！

「發射！」

佐佐木二佐冷靜的下達命令。拉起發射桿。一瞬間，從兩翼噴出兩枚對艦誘導彈。噴射渦輪引擎點火，誘導彈開始一口氣上升。

佐佐木二佐看著誘導彈前進的方式，將操縱桿往右倒，開始急速上升。

全機一起調轉機頭，開始盤旋。

『敵機接近！方位……距離六十公里。』

聽到AWACS的通報。

助燃器點燃。朝向蒼穹急速上升，同時機身反轉，看著誘導彈的方向。

十二架飛機發射的二十四發對艦誘導彈，在湛藍的海洋上不斷加快速度，朝向西北前進。

「ACM（接近格鬥戰）準備！」

佐佐木二佐對僚機呼叫。

『準備攻擊！』

老鷹戰鬥機隊全體隊員都聽到準備攻擊敵機編隊的命令。空戰已經在遙遠的上空開始了。佐佐木二佐看著HUD的表示。已經變成飛彈攻擊方式。

高度二萬呎。二萬二千、二萬四千……。

遭遇敵機編隊之前，至少要爬升到三萬五千呎上空。

『敵人第三編隊接近！黑貓、山貓、大貓、ACM準備。』

AWACS的操作員告知。

隨時放馬過來。佐佐木二佐在三萬五千呎的高度關掉助燃器，保持水平飛行。

12

跳台型飛行甲板上已經有一架殲擊11型改，發出轟然巨響而飛出。接著第二架殲擊11型改已經完成加油、補給彈藥，隨時準備離陸。

中國海軍北海艦隊第一航空母艦戰鬥群司令莊少將，坐在航空母艦「大連」艦橋的司令席上，凝視著黎明時的海面。

距離左舷十五公里的海上，可看到輕型航空母艦「旅順」的艦影。而「旅順」已經派出艦載機亞克布雷夫ＹａＫ－38改攻擊機，到達本艦。

第一航空母艦戰鬥群是以航空母艦「大連」與輕型航空母艦「旅順」、補給艦「萍鄉」三艘爲中心，四周圍繞「延安」、「齊齊哈爾」、「鄭州」、「蘭州」等四艘旅大改級飛彈驅逐艦，圍繞三艘航空母艦，在其外圍又有「洛陽」、「鞍山」、「溫州」、「長沙」等四艘江威級飛彈護衛艦，以及四艘普通型對潛驅逐艦「徐州」、「無錫」、「南寧」、「常州」，還有兩艘普通型對潛護衛艦「泉州」、「寧波」，形成雙重圓形陣型航行。

『對艦誘導彈接近。』

聽到來自戰鬥情報管制室的通報。

「是敵人艦隊發射的艦對艦誘導彈嗎？」

『不是。是日本空軍攻擊機從空中發射的。』

「方位和距離呢？」

『方位一五〇。距離九十。誘導彈彈數二十四枚。』

敵機的真正攻擊終於開始了嗎？莊少將大聲命令。

「全員就戰鬥位置！準備對艦誘導彈戰鬥！」

聽到複誦聲，戰鬥員慌忙就戰鬥位置。

「大連」艦長袁海軍上校，飛行隊長繆空軍上校，第一航空母艦戰鬥群參謀長崔海軍上校面露緊張的神情，聚集在艦橋上。

戰況惡化了。來自大陸本土的第一波航空攻擊，出乎意料之外遭遇美日航空戰力反擊，已經投入的二百架作戰機之中，大約喪失五成以上。

在第一波攻擊中，必須使敵人的航空戰力減半，確保航空優勢，但是目前看來，想要確保艦隊周邊海域的航空優勢是不可能的。形式很明顯對我方不利。

一開始配合第一波攻擊，可以由「大連」、「旅順」的艦載機亞克布雷夫Yak—38改攻擊機，對琉球本島的美日基地設施進行奇襲攻擊，但是地上的砲火猛烈，二十架中的六架遭擊落，第二次以後的對地攻擊無法進行。

宛如虎子的殲擊11型改，在敵人美日空軍的交戰中，十二架中已經損失了五架。亞克布雷夫38改和殲擊11型改在第二波航空攻擊時，已經由來自本土的第二航空母艦戰鬥群的艦載機趕緊前往支援。

在這個期間內剩下的二十一架艦載機，必須護衛航空母艦艦隊。

來自本土的航空支援不值得依賴，因此手邊的艦載機出擊次數必須增加，不論是哪一架飛機，補給結束之後幾乎沒有任何休息時間，立刻再度起飛，加入戰鬥行列。

駕駛員肉體、精神上的疲勞已經到達界限。

『敵對艦誘導彈接近！距離七十。』

接到戰鬥情報管制室的通報。

「司令，開始對空誘導彈戰鬥。」

參謀長崔上校告知。

「好。進行。」

莊司令毅然回答。崔參謀長大叫道。

「通信士，命令『延安』。發射對空誘導彈。」

通信士複誦。

旅大改級驅逐艦「延安」以及其他三艘，都屬於進行近代化修改的一環，搭載法國製中距離對空飛彈ＦＳＡＦ（反潛魚雷飛彈—30）。誘導方式是指令更新付慣性，終端誘導則是自動雷達導向。射程八十公里。

『發射對空誘導彈！』

戰鬥情報管制室告知。同時從「延安」、「齊齊哈爾」、「鄭州」、「蘭州」陸續看到冒著白煙尾的飛彈上升。在空中盤旋的殲擊11型與亞克布雷夫戰鬥機隊，準備迎擊敵機編隊。

13

『海上麻雀會敵時刻。』

ＣＩＣ室的操作員告知。向井艦長「嗯」的一聲點點頭。

六枚敵對艦飛彈進入短ＳＡＭ海上麻雀第二防禦線半徑三十公里的範圍内。

從ＤＤＨ「白根」以及ＤＤ「山雪」、「松雪」、「春雨」、「瀨户霧」、「海霧」各艦，各自發射一枚海上麻雀。

『報告！海上麻雀擊落敵人飛彈三枚。』

ＣＩＣ室的報告，使得向井艦長用力點點頭，和杉本二佐對望。還剩下三枚飛彈。

『另一枚的航跡消失！擊落了。』

剩下的飛彈爲二枚。

前甲板的54口徑一二七釐米單裝速射砲開始砲擊。

「敵人飛彈進入第三防禦線。」

通話員告之。第三防禦線是在大約半徑十二公里以內，進入防禦線內的飛彈或飛機，會由一二七釐米單裝速射砲或62口徑七六釐米速射砲開始自動砲擊。通話員傳達在上空盤旋的巡邏直昇機的報告。

組成圓形陣型的僚艦，一起進行速射砲砲轟。砲擊使得艦橋的空氣振動。雷達可確實掌握肉眼看不到的敵人飛彈，確實張起彈幕，阻止飛彈接近。

『擊落一枚，另一枚飛彈接近。』

CIC室的操作員進行報告。

「距離飛彈，七公里。」

通話員告知。利用望遠鏡就可以充分確認的距離。杉本二佐用望遠鏡看著水平線的另一端。對艦飛彈掠過海面飛翔而來。

「十二點方向！飛彈！」

偵查員大叫。向井艦長呼叫CIC室。

「朝向哪裡？」

『「島風」。』

CIC室的操作員冷靜回答。

對艦飛彈的身影掠過海面飛翔而去。速射砲雖然形成彈幕，但是卻無法命中目標。「島風」也發出鋁箔彈。鋁箔閃耀光芒，「島風」船頭大幅度旋轉。

對艦飛彈急速上升。鎖定目標彈跳起來。

「島風」的二十釐米CIWS吼叫著。彈跳的對艦飛彈在其頂點被粉碎了。引起小爆炸，破片鑽進鋁箔雲中。

海面濺起水柱。

『擊落！』

CIC室告知。向井艦長鬆了一口氣，放下望遠鏡。一乘寺司令也鬆開交疊的手臂。

「CIC室，第四護衛群的位置在哪裡？」

『北緯三十度十分，東經一百二十九度三十分。距離屋久島西南一百一十公里的海面上。』

「與中國艦隊的距離呢？」

『大約三百公里。』

「我國艦隊與中國艦隊的距離呢？」

『一百三十公里。不久就進入對艦飛彈射程內。』

對艦飛彈、魚叉飛彈的射程爲一百二十四公里。國產的90式艦對艦誘導彈SSM

—1B射程爲一百五十公里，已經進入射程内。

「好。命令全艦。準備發射對艦飛彈。」

一乘寺司令以銳利的眼神看著艦橋内。向井艦長用力點點頭。杉本二佐向CIC室傳達命令。艦隊決戰的時刻即將到來。向井艦長感覺身體緊張得像在發抖。

艦隊乘風破浪向前挺進。海上掀起大波濤。

「司令，接到各艦通信。對艦飛彈發射準備完成。」

通信士大聲告知。

「很好。傳達各艦。一旦進入對艦飛彈射程内，發射飛彈。」

一乘寺司令下達嚴厲的命令。通信士複誦。

『司令！與中國艦隊的距離爲一百二十四公里。進入射程内。』

CIC室的操作員告知。一乘寺司令靜靜的看著向井艦長。向井艦長點了點頭。

「發射！」

艦橋背後的魚叉同時冒起白煙飛翔而去。爆炸使得船艦劇烈搖晃。接著「島風」、「山雪」、「松雪」、「瀨户霧」、「海霧」也陸續將魚叉飛彈發射到天空。

DD「春雨」則發射90式艦對艦誘導彈SSM—1B，誘導彈冒起白煙，朝向斜前方的虛空上升而去。

14

「開始對日本海軍艦隊攻擊。」

莊司令下達命令。崔參謀長大聲將命令傳達到戰鬥情報管制室。

「準備發射『海鷹』、『海隼』!」『準備發射「海鷹」、「海隼」。』

戰鬥情報管制室告知。

「發射準備完成。」

『敵機編隊接近!距離七十公里。派遣直掩戰鬥機隊前往迎擊。』

在航空母艦上空,直掩戰鬥機隊的殲擊11編隊飛向東南方向。聽到噴射引擎發出的轟隆聲。

『敵空對艦誘導彈接近!彈數二十四枚。距離五十公里。』

莊司令聽到戰鬥情報管制室的報告,眉頭動了一下。崔參謀長手臂交疊,以冷靜的聲音下達命令。

「發射。」

聽到複誦。接著戰鬥情報管制室的管制官告知。

『發射海鷹！』『發射海隼！』

飛彈驅逐艦「延安」、「齊齊哈爾」陸續噴出對艦飛彈「海鷹4」，朝向南邊飛翔而去。驅逐艦「鄭州」與「蘭州」，江威級飛彈護衛艦「洛陽」、「鞍山」、「溫州」、「長沙」也陸續發射對艦飛彈「海隼2」。

旅大改級驅逐艦「延安」與「齊齊哈爾」由於近代化修改的結果，都裝備「海鷹4」（HY—4C／C201）三連裝發射裝置二座。而「鄭州」、「蘭州」與江威級飛彈護衛艦則擁有標準裝備、「海隼2」（YJ—2／C—802）二連裝發射裝置四座。

「海鷹4」是對艦飛彈HY—2冥河衍生型，射程一百五十公里。

「海隼2」則是對艦飛彈飛魚衍生型，射程一百二十公里。

莊司令很滿意的看著對艦飛彈上升的情況。飛彈在一百公里附近時成慣性飛行，然後慢慢下降到接近海面，進行低空飛行，對於敵人艦隊進行肉搏戰攻擊。

一定要讓日本海軍見識中國海軍航空母艦戰鬥群的威力。莊司令笑了起來。

『我艦對空誘導彈，不久到達會敵時刻！』

戰鬥情報管制室的管制官告知。艦橋一片寧靜。只聽到雷達裝置發出的電子聲。

莊司令看著灰色的雲間。袁艦長和崔參謀長則屏氣凝神的在旁守候。

『擊落敵人空對艦誘導彈七枚！』

『又擊落一枚！』

戰鬥情報管制室的聲音陸續在艦橋響起。

『又擊落一枚……』

不久之後，戰鬥情報管制室告知。

『艦對空誘導彈全彈迎擊終了。十五枚敵人空對艦誘導彈突破第一防衛線！』

「哇！漏了十五枚嗎？立刻發射對空誘導彈！」

崔參謀長命令戰鬥情報管制室。

『發射對空誘導彈！』

聲音結束的同時，「延安」、「齊齊哈爾」等四艘旅大改級驅逐艦連續發射對空誘導彈，過了一會兒發射一枚，又過了一會兒再度發射一枚。

袁艦長用望遠鏡看著對空誘導彈的行蹤。

『重新發射十六枚！』

戰鬥情報管制室報告。莊司令嚴肅的開口說。

「戰鬥情報管制室，與敵人艦隊的距離多少？」

『距離一百二十公里。朝向我國艦隊，仍在北上中。』

莊司令思考了一會兒。崔參謀長說道。

「司令，第一波航空攻擊失敗，無法確保航空優勢，第二波攻擊期間，我艦隊是否應該轉進呢？」

「什麼？你說轉進？」

「是的。再這樣下去，我國艦隊一旦停留在琉球本島海域時，會受到敵人琉球基地航空的總攻擊，一定會遭受極大的損失。爲了保存戰力，先行撤退到確保航空優勢的大陸沿岸近海，得到我國基地航空的支援之後，再度找尋攻擊作戰的機會比較好。」

莊司令看著飛行長繆上校。

「飛行長，你的意見如何？」

「我認爲先看看第二波航空攻擊的情況後再決定也不遲。在此轉進則以往的攻擊就沒有任何意義了。第二波攻擊中必須傾注全力以擊潰敵人艦隊，同時如果能在這個海域保持航空優勢，就能提高琉球攻擊的效果。如果失去琉球基地的機能，斷絕對於台灣的補給，對於台灣戰爭有利。」

「艦長你認爲如何？」

袁艦長靜靜說道。

「琉球本島的攻擊並不是主要攻擊。只是爲了攻擊台灣軍隊以及第七艦隊的後方補給基地而已。『東風』飛彈展現一定的戰果之後，正如同參謀長所說的，在第二波攻擊發動之前，航空母艦艦隊應該先撤退。」

「你認爲應該撤退嗎？怎麼意見都不同呢？」

莊司令苦笑著。這時接到戰鬥情報管制室的報告。

『敵人空對艦誘導彈接近！距離三十公里。對空誘導彈迎擊時刻！』

莊司令看著參謀長。

「參謀長，我也認爲應該先看第二波攻擊的戰果再下定決心也不遲，你覺得如何？」

崔參謀長緊抿嘴唇點了點頭。

「司令，既然你這麼想，我們就觀察第二波航空攻擊的情況吧！」

莊司令莞爾一笑。

「海戰才剛開始呢。不必這麼悲觀。」

接到戰鬥情報管制室的報告。

『對空誘導彈，敵人空對艦誘導彈擊落四枚。』

『又擊落一枚。敵人空對艦誘導彈十枚突破第二防衛線。距離二十五公里。第三防衛線，發射接近對空誘導彈。』

突然間，前部飛行甲板下方發射冒著白煙的對空飛彈。是俄羅斯製的「9M311」飛彈。

航空母艦「大連」和「旅順」配備俄製9M311對空飛彈八連裝。9M311就是西方所說的SA—19/SA—N11飛彈，屬於在無線電廣播指令誘導之下進行目標的手動追蹤，以及自動追蹤的接近武器系統。射程約十五公里。

周圍的飛彈驅逐艦和飛彈護衛艦也一齊發射對空飛彈，朝天空飛翔而去。

第三防衛線，是由航空母艦配備的俄製9M311，以及旅大改飛彈驅逐艦和江威級飛彈護衛艦配備的法製對空飛彈「響尾蛇」八連裝，還有其複製品國產對空飛彈FM80五連裝，以及國產新型對空飛彈RF61六連裝等所構成的。

「響尾蛇」具有擊落飛彈能力以及多目標追蹤能力，最大射程大約二十公里。

對空飛彈FM80五連裝，具有與「響尾蛇」大致相同的能力，具有同時追蹤三個目標的能力。馬赫2。採用IR、TV、雷達等複合誘導式，對ECM能力很高。最大射程二十公里。

對空飛彈RF61六連裝，與西方的「海上麻雀」外形非常類似，但卻是半自動雷達誘導方式，飛彈管制雷達不具有多目標追蹤能力。而且對於進入十五公里圈內的敵機或對艦飛彈，除了「響尾蛇」之外，同時也會利用一百三十釐米連裝砲或一百釐米連裝砲、五十七釐米連裝砲應戰。

對於還是無法擊落的對艦飛彈，則使用SRBOCMK33六連裝箔條發射機的軟體，以及接近武器三十七釐米連裝機關砲、二十五釐米四連裝機關砲的硬體來應對。

莊司令下達命令。

「命令全艦。空對艦誘導彈接近。開始閃躲運動。」

緊急警報響起，戰鬥情報管制室通知。

『空對艦誘導彈接近，距離十八公里。迎擊對空誘導彈、敵空對艦誘導彈！擊落四枚！又擊落二枚。』

剩餘的九枚打算突破第三防衛線。莊司令緊抿著嘴唇。

空對艦誘導彈接近的外圍普通型驅逐艦和普通型護衛艦，趕緊進行一百釐米單裝砲及五十七釐米連裝砲砲擊。

『距離十五。又擊落二枚！七枚闖入接近防空圈內。開始對空砲擊。』

內圈的驅逐艦和護衛艦的一百三十釐米連裝砲及一百釐米連裝砲開始吼叫。在海面低處發射彈丸和砲彈，形成彈幕。

『對空誘導彈急速接近！距離十二公里。』

「準備發射鋁箔彈！開始對空砲擊。」

袁艦長下達命令。聽到複誦聲。飛行甲板下方的機關砲座開始砲擊。

『距離九公里！擊落一枚。』

「發現誘導彈！兩點方向。」

拿著望遠鏡觀察的偵查員大吼著。袁艦長冷靜的下達命令。

「發射鋁箔彈！」

鋁箔彈發射機不斷發射鋁箔彈。莊司令下達命令。

「全艦，第四戰速！左滿舵，一起回頭！」

中國航空母艦艦隊維持圓形陣型，一起開始回頭。而鋁箔彈爆炸，使得海面形成鋁箔雲。航空母艦「大連」與輕型航空母艦「旅順」好像躲在其陰暗處一樣，開始回航。護衛驅逐艦和護衛艦除了對空砲擊外，也發射了幾枚鋁箔彈，不斷擴大鋁箔雲，進行大幅度閃躲運動。

『六枚急速接近！距離五公里、四公里……』

『敵誘導彈朝向「南寧」、「泉州」、「鞍山」、「齊齊哈爾」、「旅順」、「大連」！』

莊司令和袁艦長兩人屏氣凝神。

聽到兩點方向出現咚的爆炸聲。普通型對潛護衛艦「泉州」的艦橋附近冒出黑煙。接下來的瞬間「泉州」誘爆，艦體斷成兩段開始沈沒。五點方向也出現大爆炸。

偵查員大叫。

「艦長，『南寧』中彈，發生火災。」

「『齊齊哈爾』後部甲板也中彈！冒煙。」

又聽到大爆炸聲。

「誘導彈衝入『旅順』！」

接著，又聽到一枚爆炸聲，濺起水花。

「『鞍山』也中彈了！」

莊司令幾乎站不住腳。

「發現誘導彈！三點方向！朝向本艦。」

偵查員大叫著。莊司令看著三點方向。

看到黑影掠過海面飛翔而來。就像蛇抬頭似的，突然彈跳起來，跳到半空中。

袁艦長對操作員大叫。

「右滿舵。最大戰速！」

聽到複誦聲，操作員轉動舵輪。最大戰速鐘聲響起。

彈跳的誘導彈到達拋物線頂點時，方向轉爲下方，衝向航空母艦「大連」。

突然間，誘導彈的彈體迸裂，引起小爆炸而四散分開。

「命中！擊落。」

偵查員發出驚喜的叫聲。

並排前行的驅逐艦「延安」的三十七釐米連裝機關砲的機關砲彈射中誘導彈。

莊司令看著輕型航空母艦「旅順」。

『「旅順」的飛行甲板冒出黑煙！中彈。』

偵查員大叫著。對艦飛彈的攻擊突然結束了。同時，應戰的砲轟聲也停止了。莊司令對著通話麥克風大叫。

「全艦，恢復第三戰速。調查損害情形，立刻報告。」

不久後，戰鬥情報管制室回答。

『「南寧」被擊沈，「泉州」也被擊沈，「齊齊哈爾」後部甲板中彈受損，發生火災。』

莊司令看著崔參謀長。

「『旅順』的損害情形如何？」

『「旅順」飛行甲板被誘導彈命中。受損嚴重。不過似乎可以航行。詳細的損害情況目前正在調查中。』

『「鞍山」後部甲板也中彈，受損嚴重。機械室泡水，不能航行。』

聽到緊急警報響起。

『報告。電子偵察機確認敵人艦隊大量發射艦對艦誘導彈！新的二十八枚艦對艦誘導彈朝向我們艦隊而來。』

戰鬥情報管制室告知。艦橋瀰漫緊張氣氛。袁艦長呻吟道。

「又再度攻擊了嗎？與敵人艦隊的距離多遠？」

『與敵人第二艦隊的距離一百一十二。此外，南九州海洋附近有敵人第四艦隊，似乎打算由北攻擊我艦隊而南下。與我們距離二百五十。』

戰鬥情報管制室的管制官回答。崔參謀長看著海圖。幕僚在海圖上指出敵我雙方的艦隊位置。第四艦隊前來攻擊之前還有一點時間。

「但是，第二波航空攻擊的情況如何？」

崔參謀長詢問戰鬥情報管制室。

『第二波攻擊的轟炸5型的第一隊，因爲日本空軍迎擊機隊而受到很大的損害，攻擊作戰失敗。目前，轟炸第二隊正接近敵人艦隊，進行攻擊。伴隨護衛的殲擊戰鬥機隊目前正和美日空軍要擊機隊激戰中。我們的航空母艦航空隊也在支援第二隊。』

戰鬥情報管制室回答。

負責警戒的亞克布雷夫YaK—38改戰鬥機隊，在艦隊上空盤旋了好幾次。

莊司令摸摸下巴。

「敵人空軍還無法攻擊我艦隊的時候，必須先攻擊敵人第二護衛艦隊。然後方向轉向北，攻擊敵人第四護衛艦隊。」

「遵命。」

崔參謀長回答。

這時突然聽到咚的爆炸聲傳來。敵人空對艦誘導彈的攻擊又持續出現了嗎？

「艦長！『徐州』中彈！」

偵查員大叫著。莊司令和袁艦長互望。先前進入絕對防空圈的敵人空對艦誘導彈應該只有六枚。難道偵查雷達無法捕捉到目標嗎？

「『徐州』向旗艦提出緊急報告！艦首和艦尾中彈。機械室泡水，不能航行。」

無線士持續說道。

「來自『常州』的報告，聲納感應到敵人潛水艇的蹤影。」

「什麼！有敵人潛水艇嗎！」

「『常州』中彈，就是因爲敵人潛水艇的水中發射型對艦誘導彈造成的。」

崔參謀長抓起無線士的麥克風。

「緊急警告全艦！有敵人潛水艇。全面警戒。」

袁艦長詢問戰鬥情報管制室。

「知道敵人潛水艇的位置嗎？」

『一艦在方位二七三，距離八公里附近海域，深度不明。』

畜生！正在應付對艦飛彈攻擊，没想到卻受到敵人潛水艇攻擊。我方的潛水艦隊到底在做什麼？莊司令氣得咬牙切齒。

15

海上自衛隊第三潛水隊ＳＳ５９０「親潮」以潛望鏡深度，窺探中國航空母艦艦隊。柴油引擎停止，以電動機運作。微速前進。

「放下潛望鏡！」

艦長中山二佐在潛望鏡台看著一號潛望鏡大叫著。一號潛望鏡是白天攻擊用的潛望鏡。潛望鏡靜靜下降。中山艦長注視著錄影機監控器。一旁的副艦長篠崎一尉也看著監控器。錄影帶倒帶重新播放。

影像非常鮮明，正面可以看到江威級飛彈護衛艦的艦影。在其斜後方可以看到一艘旅大改級驅逐艦的艦影。此外，航空母艦的小艦影與驅逐艦的艦影重疊。看來對艦飛彈似乎命中目標，前甲板冒起黑煙。

「是輕型航空母艦『旅順』呢！」

篠崎副艦長輕聲説道。

「很好。連同前方的驅逐艦一起去除。準備發射魚叉飛彈！」

聽到複誦聲。

「第一目標距離九千，方位〇九八。第二目標距離一萬二千，方位一一〇」

攻擊管制區的要員，將資料輸入魚叉的電腦。

「魚叉發射準備完成。」

魚雷發射管制儀表板上發射準備完成的燈亮起。

「發射！」

中山艦長下達命令。

「第一彈發射！」

篠崎副艦長按下發射按鈕。

「發射！」

「第二彈發射！」

前部的魚雷發射管連續響起空氣漏出的聲音。對艦飛彈朝水中噴出，急速往目標海面飛行。中山艦長立刻說道。

「急速潛行。速度30節。深度四百。」

操作員複誦，抓著發令所的扶手。船艦大幅度傾斜。聽到水注入壓艙水槽的聲音。

「放出氣泡！」「放出氣泡！」

感覺氣泡摩擦船艦外壁。敵人驅逐艦的聲納聲敲擊著船艦。

一旦被發現就萬事休矣。

「深度三百。」

中山艦長瞪著上方。豎耳傾聽。

「三分鐘後到達。」

攻擊管制要員告知。

「深度四百。」

操作員報告。中山艦長靜靜的說。

「引擎停止。恢復水平。」

聽到複誦聲。篠崎副艦長擦拭額頭的汗水。雖然開著冷氣，但是覺得艦內空氣非常悶熱。

「第一目標，到達時刻。」

聽到水中傳來爆炸聲。持續出現凝重的爆炸聲。中山艦長和篠崎副艦長互望。

「命中目標。可能將其擊沉了。」

聲納員冷靜的說道。

「第二目標，到達時刻。」

咚！又聽到一枚飛彈爆炸的聲音。這次雖然很輕，但是卻有回音似的餘音繚繞。只有一次爆炸，然後就沒有聽到爆炸聲了。

「命中目標。」

要員冷靜告知。中山艦長用力點點頭。

「驅逐艦，接近。」

接下來是一陣沈默時間。突然聽到咚咚的爆炸聲。

「投下深水炸彈。」

艦體搖晃。爆炸聲持續好幾次，每一次艦體都不斷搖晃。但似乎並不是朝向本艦，因爲並不是非常接近的炸彈。

組員們不安的瞪著潛水艇的天花板。只有好像撫摸船艦通過的氣泡，以及敵人的聲納聲傳來。深水炸彈的爆炸聲終於停止了。船艦一片沈默。

「驅逐艦離開了。」

聲納員告知。中山艦長點點頭。

「微速前進。三十度。」

操作員複誦。ＳＳ５９０「親潮」持續潛行，準備尋求下一個獵物。

16

艦橋前的二十釐米ＣＩＷＳ發出如同牛鳴般的呻吟聲。槍口不斷冒出噴煙。前甲板的62口徑七十六釐米的速射砲也不斷響起發射聲。

曳光彈在海面形成火箭集中起來。但是黑影好像躲在陰暗處似的持續飛行。

從艦橋背後發射鋁箔彈，鋁箔雲反射陽光，不斷擴散。但黑影似乎看都不看它一眼，突破鋁箔彈。

向井艦長利用望遠鏡觀察這一切，懊惱的凝視著目標朝向「霧島」的小黑點。爲什麼沒有命中呢？掠過海面的黑色彈體在船艦前方五百公尺處朝向上空彈跳。來了嗎！向井艦長屏氣凝神。

接著砲彈立刻集中，朝向斜上方彈跳的飛彈彈體猛轟。彈體粉碎，變成散落的破片煙消雲散。對艦飛彈的破片濺起白色的水花掉入海面。

二十釐米CIWS以及七十六釐米速射砲的射擊聲停止。耳鳴聲感覺好像也停止了。站在艦橋上的偵查員叫道。

「命中！擊落飛彈。」

向井艦長鬆了一口氣，放下望遠鏡。

「我的胃不舒服。」

一旁的杉木二佐擦拭額頭的汗水。

僚艦「春雨」持續射擊速射砲。仍然可以聽到二十釐米CIWS的吼叫聲。但是發射聲卻突然停止。看來「春雨」也擊落了對艦飛彈。

到最後，再也聽不到任何砲擊聲或槍擊聲了。

這次和中國航空母艦戰鬥群釋放的艦對艦飛彈間的戰鬥非常慘烈。敵人電子戰機的ＥＣＭ擾亂搜索雷達，有一陣子根本來不及迎擊艦對艦飛彈。

敵人發射的艦對艦飛彈總計四十八枚以上。但所幸是性能不同的高低混合型艦對艦飛彈群。如果性能一致，且全彈一起到達艦隊的話，則即使是具有飽和攻擊能力的宙斯盾艦「霧島」，恐怕也來不及應付。

第一防禦線標準ＳＭ飛彈擊落的飛彈數目爲十二枚。第二防禦線海上麻雀擊落的飛彈數目爲二十三枚。因此，進入第三防禦線的艦對艦飛彈爲十三枚以上。

利用一二七釐米單裝速射砲以及62口徑七十六釐米速射砲迎擊，擊落其中二枚，但有十一枚突破防禦線，在絕對防空圈內進行肉搏戰。

旗艦「霧島」面對兩枚飛彈，除了軟體設備之外，沒有個艦防衛手段的補給艦「常磐」也必須應付一枚飛彈。「霧島」的二十釐米ＣＩＷＳ和七十六釐米速射砲擊落三枚飛彈。剩下八枚艦對艦飛彈到底對著哪一艘僚艦，根本無暇顧及。

「艦長，五點方向冒出黑煙！可能是『松雪』。」

偵查員叫道。向井艦長用望遠鏡看著五點的方向。

距離二十公里遠的「松雪」冒著黑煙。此外，並沒有看到僚艦冒出黑煙。

司令席的一乘寺海將補以鎮定的聲音命令。

「報告損害情況。」

通信員大叫著。

「接到『松雪』的報告。艦橋下方中彈，開了個大洞，艦內發生火災。很多人死傷。吉井艦長、松田航海長戰死。目前由木村副艦長負責指揮。消防隊雖然進行滅火活動，但火勢太强無法滅火，可能會爆炸。請允許全員撤退。」

「聯絡『松雪』的木村副艦長。立刻讓全員撤退。『山雪』和『春雨』前往救助。」

通信員複誦。

一乘寺司令用望遠鏡看著「松雪」。『山雪』和『春雨』乘風破浪，趕往狀況悲慘的「松雪」。

「接到『海霧』的報告。後部直昇機甲板中彈，損害輕微。組員死傷七名。可以航行。但是直昇機無法著陸。」

通信員報告。一乘寺司令點點頭。

「回電給『海霧』，說明已經了解了。還有沒有其他損害報告？」

「『白根』、『島風』、『山雪』、『春雨』、『瀨户霧』、『常磐』都沒有損害。」

通信員回答。這時警報響起。

『敵人第四編隊接近！方位三〇〇。距離一百二十公里。機數五十架以上。機種可能是轟炸機H5或Q5。可能會發射對艦飛彈。必須嚴密警戒。要擊戰鬥機隊目前正與護衛戰鬥機隊交戰中，無法前往迎擊第四編隊。美國海軍戰鬥機隊已經立刻趕往戰鬥空域。』

CIC室的操作員告知。敵人第二波航空攻擊又開始了。一乘寺司令以傲然的態度，抓住無線送信麥克風。

「通知各員。戰鬥又開始了。敵人拼命發動攻擊。各員不論對於對空戰鬥或對潛、對艦戰鬥都要全力以赴。」

「準備對空戰鬥。」向井艦長振作精神大聲吼著。

17

尖閣列島海域　8月3日　上午7時30分

第七艦隊第五航空母艦戰鬥群的旗艦登陸指揮艦LCC—19「藍山脊號」，以及航空母艦CV—62「獨立號」，並排航行。

第五航空母艦戰鬥群，中心有航空母艦「獨立號」和登陸指揮艦「藍山脊號」，以及提康德羅加級誘導飛彈宙斯盾巡洋艦CG—52「銀行山號」三艘，此外，還有同樣屬於提康德羅加級宙斯盾巡洋艦—CG53「移動灣號」、亞雷巴克斯級飛彈宙斯盾驅逐艦「卡提斯威爾巴號」，還有斯普魯恩斯級驅逐艦「休伊特號」、「歐布萊恩號」，誘導飛彈護衛艦「沙奇號」、「洛德尼大衛號」、「卡茲號」、「馬克爾斯基號」等八艘水上戰鬥艦，形成圓形陣型，在台灣海峽東北海域航行。

周邊海域還有洛杉磯級攻擊型核子潛艇「印度拿波里號」，以及同級的攻擊型核子潛艇「伯明罕號」潛藏其中，護衛第五航空母艦戰鬥群。「藍山脊號」屬於具備高度智慧通信能力的登陸作戰用指揮艦，此外，藍山脊級登陸指揮艦的一號艦，滿載排水量一萬八千六百四十六公噸。全長一百九十四公尺。主機蒸氣渦輪。速力23節。主要武器配備了海上麻雀短SAM8連裝發射機二座。

「藍山脊號」艦長約翰·柯斯納海軍上校站在艦橋上，利用望遠鏡看著在上空盤旋飛行的鬼怪戰鬥機F—14的編隊。

司令席上空無一人。第五航空母艦戰鬥群司令詹姆士·馬歇爾海軍少將和幕僚們一起待在CIC室，負責指揮第五航空母艦戰鬥群。

「艦長，我們政府到底在考慮什麼？」

副艦長威廉．馬西海軍中校將盛著咖啡的馬克杯遞給柯斯納上校，以焦躁的語氣説道。

「你是指什麼事情啊？」

「我軍和日軍一起在琉球海域和中國空軍及海軍戰鬥時，爲什麼我們不能在台灣海峽攻擊中國軍隊呢？趕緊擊潰敵人，讓他們成爲海峽的藻屑比較好吧。」

「這可能就是政治的手腕吧。對於中國軍隊在琉球海域的攻擊，只不過是中日兩國的關係，並不是我們與中國之間的問題。但是基於美日安保條約，我軍必須在中國軍隊攻擊我們的時候才可以自動參戰。而日本受到攻擊之後，也會爲了自衛而作戰，但是不可以將軍隊送到中國進行攻擊。只能在自衛的範圍内發動戰爭。可能算是一種連動吧，我軍在台灣海峽一旦介入中日之間的戰爭，意義就完全不同了。我想總統希望盡可能不要與中國全面戰爭吧。」

柯斯納上校啜飲著熱騰騰的咖啡。

「你是指其他紛爭嗎？」

「我没有這麼説。政府考慮的不是戰爭，而是紛爭的問題。否則我國一定會與中國進行全面戰爭，但是，我想政府盡可能避免發展成這種情況。」

ＣＩＣ室的通報傳到艦橋。

「緊急警報！敵機編隊接近。八個集團總共四百架飛機。方位三〇〇、二八〇、二七〇、二六〇。全集團朝向本艦隊。最短距離二百二十公里。」

柯斯納上校從艦長席探出身子。

以往中國海軍的大規模琉球攻擊，只從上海或杭州附近的空軍基地起飛，繞過第七艦隊，飛向中國海軍航空母艦艦隊所在地的琉球海域。

第七艦隊第五航空母艦戰鬥群，將其視爲是爲了將第七艦隊從台灣海峽引開的作戰方式，因此，負責迎擊的都是琉球美軍或是在日本的美軍，以及日本自衛隊，第七艦隊本身不介入。

此外，航空母艦「獨立號」的艦載機是固定翼八十架、旋轉翼六架而已，只能支援台灣空軍，阻止中國空軍的大空運作戰而已。

對於中國海軍的海上運輸作戰，雖然已經做好準備，隨時都可以進行軍事介入，但是如果美國政府不下達命令，只能夠在海峽施加軍事壓力，監視中國政府而已。

但如果遭遇中國軍隊的直接攻擊，則狀況就完全不同。美國政府事先已經考慮到如果遭遇這種情況時，就可以反擊，所以第七艦隊可以立刻展開攻擊。

「ＣＩＣ室，敵機編隊不是飛往琉球，而是朝著我們的方向嗎？」

『艦長，你負責執行司令的任務。』

ＣＩＣ室操作員的聲音變成馬歇爾少將低沈的聲音。

『艦長，情況真的很可怕。就好像從大陸方向飛來的一大群候鳥似的。立刻朝向這邊來了。這將是一場慘烈的戰爭。』

「知道了。」

艦外傳來轟隆的噴射引擎聲。

巨大的航空母艦獨立號的飛行甲板上的Ｆ—14鬼怪要擊戰鬥機陸續出發。

柯斯納艦長慌張的將馬克杯中的咖啡喝完，對馬西中校說「這兒拜託你了」。

「是的，長官。」

馬西中校以緊張的表情敬禮。柯斯納艦長答禮後趕緊離開艦橋。跑向通往ＣＩＣ室的樓梯。在其背後聽到呼喊艦長離開艦橋的聲音以及笛聲。

微暗的ＣＩＣ室充滿各種電子聲。紅燈罩調地照著房間。操作員們全都待在並排的電腦控制台前。

電子狀況表示板上，代表敵人目標的紅色光點以及顯示同志的藍色光點、綠色光點等混合成一幅圖畫。

在中國大陸的沿岸部分有無數紅色光點，這些光點一起朝向藍色光點的第七艦隊第5航空母艦戰鬥群。

在司令席上與海軍作戰部的參謀們一起討論的馬歇爾司令，回頭看著柯斯納艦長走了進來。

「柯斯納艦長，事態嚴重。」

海軍作戰部先任參謀史丹佛海軍上校，以及魯賓遜海軍中校、馬斯基海軍少校等參謀幕僚，全都聚集在狀況表示板前的桌前。

「敵人從空、海，海中、陸地進行四次元同時總攻擊。關於詳細的狀況，來聽馬斯基少校的報告。」

馬歇爾司令看著身旁的馬斯基海軍參謀少校，繼續和史丹佛上校等人討論。

「怎麼回事？少校。」

柯斯納艦長站在馬斯基少校身旁，看著狀況表示板。馬斯基少校用雷射光線棒指著對峙的中國海軍第三護衛艦戰隊的標誌。

「先前靜止的中國艦隊，開始朝我方移動。目前距離九十四海里（大約一百七十四公里）。但是，恐怕進入對艦飛彈射程內的八十五海里後，就會發射大量對艦飛彈。」

先前支援台灣登陸作戰的，是中國海軍南海艦隊新編成的第六護衛艦戰隊，以及東海艦隊第四、第五護衛艦戰隊。但是，在先前台灣海峽的海戰中，第六護衛艦戰隊已經嚴重受損，而第四、第五護衛艦戰隊也受到沈重的打擊。目前三個艦隊再編成殘存艦艇，同樣包圍住海峽中央部，保護運輸船避免遭遇台灣海軍攻擊。

爲了達成支援任務，重新派遣來的是北海艦隊第三護衛艦戰隊。第三護衛艦戰隊包括旗艦旅大改級驅逐艦「成都」在內，一共二十艘，呈楔形陣型，好像守候背後的運輸船團似的，與美國海軍第七艦隊保持一百八十公里的距離互相對峙。而現在第三護衛艦戰隊一舉縮短了這個距離。

「新的問題是，好像配合第三護衛艦戰隊的行動似的，沿岸部的島後方出現高速飛彈艇群，一直朝向我們這邊而來。」

「高速飛彈艇群？」

柯斯納艦長瞪著狀況表示板。

的確，中國大陸沿岸部出現無限的點，朝向第七艦隊的方向移動。

中國海軍高速飛彈艇群是先前海峽海戰中的伏兵，從側面攻擊台灣海軍第一二四艦隊和第一四六艦隊，給予極大的打擊。

「中國海軍祕密隱藏在沿岸的高速飛彈艇出動了。數目大約在二百艇以上。此外，還有似乎搭載飛彈的普通艇，以及驟然搭載對艦飛彈的改造高速艇。如果一挺裝備二枚對艦飛彈，則單純計算，大約有四百枚飛彈朝向本艦隊發射。」

「這是怎麼回事！」

柯斯納艦長呻吟著。

中國軍隊的作戰非常清楚。首先從空中利用四百架飛機進行大攻勢。四百架飛機中如果有半數是搭載二枚對艦飛彈的攻擊機或轟炸機，則大約有四百枚對艦飛彈。

此外，還要遭遇高速飛彈艇群的四百枚飛彈攻擊。

另外，還有第三護衛艦戰隊的飛彈驅逐艦或飛彈護衛艦，所發射的艦對艦飛彈的攻擊。如果數目估算為五十枚，則來自中國空軍軍機和艦艇所放出的對艦飛彈，總計一千枚以上。

「根據偵察衛星的情報，來到此處之後，大陸內部的飛彈呈現激烈動向。情報部估計，戰略飛彈部隊第二砲兵，彈道飛彈可能會攻擊第七艦隊。同時周邊海域有數艘R級型攻擊潛水艇偷偷移動過來，這是我方潛水艇的通知。可能也會遭遇敵人潛水艇攻擊。」

「所以你說這是來自空、海、海中、陸地的四次元同時攻擊嗎？」

柯斯納艦長呻吟著。

對於這些總攻擊，必須利用第七艦隊，包括航空母艦在內的十一艘戰鬥艦，以及八十六架艦載機來對抗。即使能夠有效對付飽和攻擊的有三艘宙斯盾巡洋艦或宙斯盾驅逐艦，其最大限度處理能力只有三〇〇目標而已。迎擊的戰鬥機不夠，同時對空飛彈的數量和彈藥量也有限。

「狀況的確非常緊急，必須趕緊決定應該撤退還是在這兒作戰。艦長，你的意見呢？」

馬歇爾司令環視作戰幕僚，詢問柯斯納艦長。

「我想這時艦隊先後退，看敵人的情況如何再決定。如果作戰則形式對我們不利，一旦後退，敵人如果沒有覺悟必須付出極大的犧牲，是否前來追擊也令人感到懷疑。如果敵人追擊則我們再加以反擊，給他們致命的一擊也無妨。」

「嗯。艦長和史丹佛上校的意見相同。」

馬歇爾司令點點頭。魯賓遜中校插嘴說道。

「狀況的確非常緊急，但是令人感到懷疑的是敵人是否真的擁有一千枚以上對艦飛彈。即使擁有，是否真的會暫時將這些全部投入此次作戰中呢？中國軍爲了攻擊琉球，已經使用了大量的對艦飛彈，數目達三百枚以上。補給方面也有問題。庫存能力如何呢？也許陸海空三軍只是配合步調展現單純的示威活動而已，是一種威脅手段。我認爲根本不要被這些威脅所惑，應該停在此處。」

史丹佛上校露出鎮定的笑容說道。

「根據海軍情報部的分析，中國海空軍甚至連好像快到期的罐頭似的老舊的舊式對艦飛彈都動員了。敵人對艦飛彈大都是不爆彈。但是，就像柏克萊戰爭時的驅逐艦歇菲爾德一樣，即使是不爆彈也可能會擊沈戰艦，所以絕對不可以看輕中國軍隊。關於航空攻擊方面，的確不見得動用對艦飛彈攻擊，用普通的炸彈也可以進行攻擊。而且接近大陸有很大的優點，即使擊落四百架飛機將其趕走，還可以重新投入五百、一千架空軍軍機。這時，我國艦隊彈藥和對空飛彈都已經用盡，就算趕走第一波攻擊，還是必須後退才行。我認爲留在這兒反而更危險，因此應該後退。」

馬斯基少校以嚴肅的表情說道。

「我的意見也相同。在這兒與中國軍隊作戰，恐怕第五航空母艦戰鬥群會遭遇更大的打擊。暫時退到琉球海域閃避攻擊比較好。這個海域是中國軍隊基地航空有效發揮作用的範圍。如果前往琉球海域，則我們可以得到琉球基地航空的支援，也可以得到日本海軍和空軍的支援。同時，可以請台灣海軍第一六八艦隊或台灣空軍支援協助。此外，航空母艦小鷹號和尼米茲號戰鬥群已經從夏威夷趕來了。大概明、後天小鷹號和尼米茲戰鬥群就會到達琉球海域，狀況對我方有利，現在必須忍耐。」

「但是問題是，如果我國航空母艦戰鬥群現在撤退的話，就是允許中國軍隊的運輸船團進入台灣，同時也無法阻止空運，我國在國際上就失去威信，這麼做對我們有損。」

魯賓遜海軍中校以凝重的表情說著。

「但如果留在這兒，萬一第七艦隊受到嚴重的打擊，不是更有失威信嗎？」

史丹佛海軍上校提出反駁理論，司令馬歇爾少將似乎已經作出決定。雙手一拍。

「好啦！就採用史丹佛上校的意見。」

馬歇爾司令毅然決然的站了起來，看著柯斯納艦長。

「全艦一起調頭，暫時退到琉球海域。對於進入防衛圈內的敵機加以反擊，將其擊退。」

「知道了。全艦一起回頭。左滿舵。第4戰速！」

柯斯納艦長立刻透過通話麥克風，向艦橋傳達命令。

一位操作員突然大叫：

「司令，敵機編隊第一集團距離一百二十公里，確認發射飛彈！似乎是對艦飛彈。」

「迎擊隊情況如何？」

「不久後迎擊戰鬥機隊即將會敵。」

航空母艦「獨立號」第一五四飛行隊（F—14鬼怪戰鬥隊）以及第二十七飛行隊（F/A—18大黃蜂戰鬥機隊）前往迎擊。

「準備對艦飛彈戰鬥。」

馬歇爾司令說道。操作員複誦。

船艦傾斜、船調頭。

「回到艦橋。」

柯斯納艦長告知部下，離開了CIC室。爬上樓梯回到艦橋。艦橋瀰漫著一股慌亂氣氛。艦隊仍然維持圓形陣型，當場一起調頭。

「艦長，發射對空飛彈。」

馬西副艦長一邊用望遠鏡觀察一邊說著。柯斯納艦長看著周圍的僚艦。距離十公里不到的飛彈宙斯盾巡洋艦「銀行山號」的VLS，很快發射標準對空飛彈。

『全艦對空戰鬥開始！全艦對空戰鬥開始！』

CIC室的操作員傳達命令。

宙斯盾巡洋艦「移動灣號」，以及飛彈宙斯盾驅逐艦「卡提斯威爾巴號」，驅逐艦「休伊特號」、「歐布萊恩號」，飛彈護衛艦「沙奇號」、「洛德尼大衛號」、「卡茲號」、「馬克爾斯基號」也陸續好像放煙火似的，發射標準SM飛彈。

第三章 中國内戰激烈化

1

鳥島海域　8月3日　早上6時40分

護衛艦「春雨」濺起水花，拚命往左右進行閃躲運動。已經發射了幾枚鋁箔彈，鋁箔雲擴散。對艦飛彈從鋁箔彈中爆炸。

國松艦長站在艦橋上，瞪著掠過海面逼近的對艦飛彈。

前甲板的62口徑七十六釐米單裝速射砲不斷低吼著，在掠過海面飛來的對艦飛彈前形成彈幕。又有一枚對艦飛彈被砲彈擊中而破碎，墜落到海面，濺起大水柱爆炸。

艦橋前方二十釐米的CIWS不斷低吼著，又有一枚對艦飛彈破裂，飛彈彈體的破片在海面濺起水柱，衝入海中。

第二護衛隊的圓形陣型瓦解，全艦拚命進行閃躲運動。

「右舷二點方向，飛彈！」

偵查員大叫。國松艦長低吼似的下達命令。

「右滿舵！」「右滿舵！」

操作員複誦，舵輪朝右轉。艦首緩緩的往右轉。

「艦長，飛彈接近『常磐』！一點正面。」

「利用砲擊擊落它！」

國松艦長大叫著，命令射擊管制室的射擊手。七十六釐米單裝速射砲的砲口立刻迴轉，開始對逼近「常磐」的對艦飛彈進行射擊。

「常磐」的二十釐米CIWS猛烈吐出彈丸。對艦飛彈宛如定石般，接近目標附近時彈跳。二十釐米機關砲彈和七十六釐米砲彈呈十字形集中。飛彈彈體粉碎，破片朝四面八方飛散。

「命中！」

「艦長！『瀨户霧』中彈！冒著黑煙！」

偵察員大叫著。國松艦長站在艦橋望著左舷方向。左舷大約十公里附近的「瀨户霧」以及其前方的「海霧」的艦影出現了。「瀨户霧」的確冒起黑煙。

「『白根』好像也中彈了！」

通信員報告。國松艦長看著右舷前方的「白根」，「白根」的後部甲板附近冒起黑煙。

『對艦飛彈攻擊結束！周圍已經沒有對艦飛彈。』

CIC室的操作員告知。

「停止攻擊！報告損害。」

國松艦長大叫著。通話員複誦。通信員大叫著。

「接到旗艦『霧島』的通信。司令要求作損害報告。」

「損害情況如何？」

聽到損害控制室的聲音回答。

『各部無損害。』

「報告司令，『春雨』無損害。」

通信員複誦。國松艦長用望遠鏡看著「瀨户霧」。

「通知『瀨户霧』艦長，報告損害程度。」

國松艦長祈禱「瀨户霧」的損害非常輕微。

「艦長，『瀨户霧』艦橋附近似乎中彈。艦橋的雷達桅桿傾斜。」

副艦長白井一尉用望遠鏡觀察説道。

「接到『瀨户霧』的報告。艦橋附近中彈，損害極大。目前冒出火焰，機械停止作動，無法航行，有沈没的危險。請求趕緊救援。」

「好。左舵三十度。第四戰速。」

操作員複誦。艦首緩緩朝左轉。

「向旗艦報告。前往救助『瀨户霧』。」

國松艦長擔心前原艦長的安全。前原二佐是比他晚一期的晚輩，但兩人曾經喝過幾次酒，是關係親密的夥伴。

『警報！敵人發動第三波航空攻擊，敵機大編隊接近，距離四百。』

CIC室告知。

又來了，國松艦長緊咬著嘴唇。

敵人第四編隊發射的對艦飛彈總數達一百枚以上。利用標準飛彈及海上麻雀大致擊落了三分之二，剩下的三十二枚侵入絕對防空圈內。

因此，一二七釐米速射砲和七十六釐米速射砲、二十釐米CIWS總動員迎擊。繼先前的「松雪」之後，這次的攻擊使得「瀨户霧」和「白根」中彈。九艘第二護衛隊群中有三艘中彈。

通信員大叫著：

「艦長，接到『瀨户霧』艦長的緊急連絡。泡水嚴重，損害管制無效。決定全員撤退，要求攻擊。」

「了解。全員平安無事的撤退吧！現在前往救助貴艦。」

國松艦長從艦橋看著附近的「瀨户霧」，越接近越了解損害的情況。艦橋下方幾乎全被砲彈轟掉了，船的內部露出來。船身冒起黑煙，可看到在周圍救火的士兵。火災似乎已經無法收拾。兩舷已經放下救生艇，準備逃難用。「春雨」總算接近僚艦「瀨户霧」附近。

「已經停止！逆推進！」

操作員複誦。停止船腳，但是船仍然依慣性而繼續移動，船艦劇烈搖晃。

「放下救生艇！」

國松艦長對甲板員怒吼著。「春雨」的兩舷也放下救生艇，要員陸續登上救生艇。

用望遠鏡觀看原先艦橋附近的狀況，在只剩下一點殘痕的艦橋角落看到一些人影。看到前原艦長被部下抱住，救命器具附近都被血染紅了。

國松艦長詢問偵查員。

「用信號探照燈詢問艦長是否受傷？受傷程度如何？要他趕緊退艦。」

偵查員飛奔到信號探照燈處，利用操作桿打出信號。而「瀨户霧」的艦橋也打出信號探照燈的發光信號。

「報告！艦長受重傷，但意識清醒。要等到全員撤退後才退艦。」

「醫療班！趕緊準備救助！」

國松艦長大叫著。

「接到旗艦的連絡。『白根』的損害程度爲中度。『白根』具有自力航行能力。要撤退回那霸港。『春雨』和『海霧』一起前往救助『瀨户霧』的組員。」

通信員報告。國松艦長大叫著。

「了解。」

這時，咚的爆炸聲震動周遭的空氣。「瀨户霧」艦體前部爆炸，破片甚至飛到「春雨」附近海面。彈藥庫被引爆了，殘餘的艦橋也被炸得無影無蹤。

國松艦長緊抿著嘴唇。「瀨户霧」的艦首部和艦後部一分爲二，好像要被海水吞没似的。組員們立刻跳入海中。

「趕緊救助組員！」

國松艦長探出身子，對著搭乘救生艇趕往救助的部下們大吼著。隱約間可看到在波濤中掙扎的組員。

斷裂彎曲的桅桿部分好像要沈没到海面下方。旭日旗在波間忽隱忽現。國松艦長向即將沈没的「瀨户霧」敬禮，艦橋上的要員們也一齊行舉手禮。

畜生！一定要報此大仇。國松艦長對天發誓，在上空組成四機編隊的空自F—15J老鷹要擊戰鬥機隊，發出轟隆的噴射引擎聲響陸續飛移。這是前往迎擊敵人第三波攻擊的敵機大編隊的老鷹們。

2

中國海軍第一航空母艦戰鬥群，遭遇日本第二護衛隊群所發射的艦對艦誘導彈的攻擊。航空母艦「大連」拼命進行閃躲運動。

而輕型航空母艦「旅順」被敵人的二枚對艦誘導彈擊中，引起大爆炸後大幅度傾斜，沉入海中。

『敵人艦對艦誘導彈！十二枚突破第二防衛線。』

戰鬥情報管制室發出通報。

莊司令愁眉苦臉。

日本艦隊發射的艦對艦誘導彈屬於性能提升型的最新誘導彈，能巧妙閃躲我方的迎擊誘導彈，在超低空進行肉搏戰。

飛彈驅逐艦和飛彈護衛艦的甲板上，一百三十釐米連裝砲和一百釐米單裝砲、五十七釐米連裝速射砲，已經開始猛烈砲擊，彈頭朝虛空吐出。

『距離八公里！擊落一枚。』

「發射鋁箔彈！」

袁艦長大叫著。

艦橋背後準備的鋁箔彈發射機發出轟然巨響。鋁箔雲在船艦的右舷張開，鋁箔在朝日的照耀下閃耀銀色光輝。

「左滿舵！」

袁艦長下達命令。操作員迅速複誦，開始轉動舵輪。艦首緩緩朝左轉，隱藏在鋁箔雲中。試圖躲避敵人艦對艦誘導彈的攻擊。

『距離四公里！一枚對艦誘導彈以超低空的方式接近本艦。在右舷前方。』

戰鬥情報管制室的管制官告知。在艦橋用大型望遠鏡觀察的偵查員大叫道。

「發現誘導彈，二點方向！朝向這兒衝了過來。」

「什麼！」

袁艦長用望遠鏡看著二點方向。湛藍的海洋上掀起細細的白波。可以看到掠過波峰的黑影。

因爲過於超低空飛行，所以擊出的砲彈全都衝入海面爆炸，或在海面著彈，或是彈跳之後爆炸。機關砲彈也在接觸海面時彈跳起來爆炸。

『誘導彈接近，二千公尺。』

鋁箔彈在海面爆炸形成厚厚的鋁箔雲。對艦誘導彈移入最後的彈跳動作。根本不看眼前的鋁箔，飛過鋁箔朝這兒直衝而來。

「大連」的調頭感覺好像烏龜爬似的，非常遲緩。

趕快轉彎！飛彈來了！

袁艦長大吼著。對艦誘導彈遭遇側面飛來的砲彈直接攻擊而粉碎，墜落海面。

「『延安』的對空砲擊落飛彈！」

偵查員大叫著。袁艦長鬆了一口氣，發出嘆息聲。

右舷的護衛驅逐艦「延安」距離約五公里，兩船並行。正鬆了一口氣的時候，又聽到戰鬥情報管制室的管制官大聲告知。

『對艦誘導彈朝向「萍鄉」！距離六公里。』

袁艦長看著位於左舷後方的補給艦「萍鄉」。在左舷偵查艦橋的偵查員大叫著。

「發現誘導彈！十一點方向。直接朝向補給艦。」

糟糕了。「齊齊哈爾」中彈受損，所以補給艦的防空力薄弱。旅大改級驅逐艦

「鄭州」在左舷，但必須趕緊擊落逼向自艦的誘導彈，所以根本無法擊落衝向補給艦「萍鄉」的誘導彈。

「攻擊攻擊！趕緊擊落！」

「大連」的對空機關砲朝誘導彈狂吠。「萍鄉」拚命調頭，打出鋁箔彈形成鋁箔雲，想要躲在鋁箔雲後面。「萍鄉」的二座對空機關砲也拚命射擊。

誘導彈掠過海面飛翔，突然彈跳起來。所有砲彈都集中在誘導彈的彈體附近。但是誘導彈卻閃過砲彈，以炫目的高速衝向補給艦側腹。

補給艦「萍鄉」的船腹冒起白煙。接下來的瞬間，補給艦發出大聲響，爆炸。船身斷裂爲兩段，艦首部分和艦尾部分分別開始沈没。組員們紛紛脫離船體，跳入海中。

「『萍鄉』中彈！」

偵查員大叫著。

這是怎麼回事！袁艦長和莊司令對望。

補給艦『萍鄉』艦首的部分好像插入海中似的開始沈没。剩下的艦尾的船體再次發生大爆炸。船體的破片到處飛散。

周圍海面形成白色水柱，破片四散分開，原來是彈藥庫被引爆了。

袁艦長緊咬著嘴唇。停止砲擊和槍擊。戰鬥情報管制室也保持沈默。

看看周遭。艦隊的圓形陣型已經瓦解，到處都冒起黑煙。

莊司令以鎮定的語氣叫道：

「戰鬥情報管制室，報告損害。」

『報告。先前的攻擊「無錫」、「寧波」、「長沙」中彈燃燒。補給艦「萍鄉」中彈，爆炸沈没。先前的攻擊受損的「鞍山」和「齊齊哈爾」再度中彈、被擊沈。』

「『無錫』、『寧波』和『長沙』的損害程度如何？」

『「無錫」機械部受損，無法航行。「寧波」艦橋直接受到攻擊，艦長以下死傷，無法通信而且冒出熊熊火焰。「長沙」中度受損，雖然可以航行，但是船内發生火災。』

莊司令看著袁艦長，臉上露出悲痛的神情。

艦隊中只剩航空母艦「旅順」殘存，以及旅大改級驅逐艦「延安」、「鄭州」，江威級飛彈護衛艦「洛陽」、「溫州」和普通型驅逐艦「常州」六艘而已。

「命令各艦。前往救助受損嚴重的僚艦。」

莊司令以平靜的語氣説道。通信員複誦。將命令傳達各艦。

聽到有人陸續爬上後面的樓梯，崔參謀長和飛行長繆上校等人從戰鬥情報管制室爬上艦橋。

「司令，到此爲止了。趕緊調頭撤退吧！」

「就這麼做。」

莊司令點點頭。

「救助在周圍漂浮的組員之後就撤退。」

「知道了！」

全員以沈痛的聲音回答。

「救助受損嚴重的『無錫』、『寧波』的組員之後，讓其自行沈没。『溫州』護衛『長沙』將其帶回。剩下的『延安』、『鄭州』、『洛陽』、『常州』則以本艦爲主，重新組成圓形陣型，一起回頭。」

包括崔參謀長在內的幕僚們，開始向各艦傳達命令，飛行長繆上校則對莊司令說：

「司令，『旅順』的艦載機請求准許著艦於本艦管制塔，雖想允許他們著艦，但是燃料全都用盡，即將墜落。」

「本艦可以容納嗎？」

「本艦的艦載機多數已經失去，可以容納。」

「好！立刻允許全機著艦，收容他們。」

「知道。」

飛行長向部下管制官下達允許著艦命令。袁艦長看著繆上校。

「飛行長，兩艦的艦載機一共剩下幾架？」

「本艦的艦載機七架、『旅順』的艦載機七架。」

飛行長回答。這時，聽到飛到上空的亞克布雷夫Ｙａｋ—38改飛機的轟隆聲。疲累的亞克布雷夫戰鬥機開始一架一架著艦於飛行甲板。袁艦長看著冒著黑煙的海域。

『司令，偵察機報告。我空軍和我艦隊因為對艦誘導彈而使敵人艦隊受到極大損害。根據偵察機報告，敵人日本艦隊所在的海域至少有三艘以上冒起黑煙。根據從旁接收到的消息，包括一艘敵人大型驅逐艦在內，總共擊沈二艘，此外，還有二艘受到極大的損害。』

「很好。」「太棒了。」

艦橋要員們全都鼓掌。但是袁艦長並不覺得高興。

敵人九艘高科技艦隊中有四艘受損，而我方十七艘中只剩下六艘而已。甚至宛如虎子般的輕型航空母艦「旅順」都喪失了。

的確是大失敗。在對空戰鬥能力方面的確輸給敵人。

「司令，我想下一次應該向總參謀部申請允許使用核子武器。如果使用核子武器，則我們艦隊不必特意來到此處，就能降服敵人。」

崔參謀長苦笑說道。

「嗯。但是是否使用核子武器，是由中央軍事委員會決定的。對於我們所擁有的武器，必須進行最大的努力才行，這是軍人的責任。」

莊司令毅然說道。

『報告司令。根據偵察機報告。北方的敵人艦隊急追而來，距離二百四十公里，正在接近中。』

「知道了。盡可能趕緊救助組員。立刻撤退。避免更大的損害。」

莊司令看著大海洋說道。崔參謀長默默點頭。

北方艦隊是指敵人第四護衛隊群。不願意再受到毀滅性打擊，必須趕緊回到大陸沿岸附近，進入基地航空的航空支援傘下。

袁艦長重新振作，命令操作員。

「方向二七〇。第三戰速。」

操作員複誦。艦首朝向中國大陸的方向緩緩調頭。

3

「停止攻擊！」『停止攻擊！』

旗艦「藍山脊號」艦橋上的艦長柯斯納上校大叫著。先前發出低吼聲的二十釐米CIWS沈默了。

看看周邊僚艦宙斯盾巡洋艦「銀行山號」以及宙斯盾驅逐艦「卡提斯威爾巴號」都停止砲擊和槍擊。只有先前發射鋁箔彈的殘留鋁箔還沐浴在陽光中閃閃發亮。

『敵對艦飛彈攻擊終了。』

「報告損害。」

柯斯納艦長命令副艦長馬西中校。航空母艦「獨立號」威風凜凜的乘風破浪而去。結束彈藥和燃料補給的F／A—18大黃蜂戰鬥機發出轟隆聲出發。戰鬥結束之後，返航的F—14鬼怪戰鬥機陸續著艦於斜角甲板上。

「報告艦長。無損害。」

收集艦內各部的報告後，馬西副艦長回答。

「趕緊檢查CIWS和海上麻雀，鋁箔彈發射機趕緊裝填彈藥。」

柯斯納艦長命令戰鬥管制所。在第三波、第四波對艦飛彈湧入前，一定要趕緊進行彈藥補給以及檢查狀態系統是否故障，否則到時可能致命。

「CIC室，各艦的損害如何？」

『目前「洛德尼大衛號」和「歐布萊恩號」中彈。損害控制發動中。「洛德尼」的損害為中度，航行無礙。「歐布萊恩」則嚴重受損，艦內發生火災，無法自力航行。「卡茲號」和「沙奇號」趕往救援。』

柯斯納艦長用望遠鏡看著左舷方向的驅逐艦「歐布萊恩號」，看到艦上冒起黑煙。中國空軍和高速飛彈艇發射的對艦飛彈波狀攻擊非常熾烈。

標準SM飛彈和海上麻雀短SAM飛彈迎擊對方的飛彈，在確認發射的一百二十二枚對艦飛彈中擊落一百零七枚。進入艦隊最終防空圈的十五枚對艦飛彈，擊落其中二枚，使得「洛德尼號」和「歐布萊恩號」中彈。

柯斯納艦長詢問CIC室。

「敵人空軍軍機的情況如何？」

『敵人攻擊機第二集團接近，距離一百五十公里。』

柯斯納艦長和馬西副艦長對望。敵人對艦飛彈射程大約一百二十公里。不久之後就會發射很多對艦飛彈了。

『多數空軍軍機從琉球基地趕來支援，準備迎擊敵人攻擊機。』

如果琉球的我方空軍趕來支援，那麼，航空戰力方面則和航空母艦艦載機的八十六架飛機完全不同，能夠成爲强力支援。

「敵人高速飛彈艇群目前在何處？」

『高速飛彈艇群全部撤退。』

「好。很好。」

我方的大黃蜂戰鬥機隊在空中迎擊高速飛彈艇群，似乎擊沈相當多飛彈艇群。高速飛彈艇的弱點就是無法抵擋來自空中的攻擊。

『敵人飛彈驅逐艦艦隊已經轉進，不再追擊。』

一定是知道我方轉進、後退之後才停止追擊。

『報告。敵人空軍第二、第三和第四集團都轉換方向，朝基地撤退。』

「怎麼回事？」

柯斯納艦長懷疑自己聽錯了。操作員的聲音也變成馬歇爾司令的聲音。

『敵人中國軍隊似乎知道我們離開尖閣列島海域，就停止了攻擊。』

「真的嗎？」

『根據偵察衛星的影像，也偵測到敵人空軍軍機撤退的情況。雖然不能掉以輕心，但是敵人目前似乎想要避免和我國艦隊全面對決。』

「那就好。彈道飛彈的發射準備如何？」

『這個嘛，我軍非常注意這一點。依然進行發射井或移動式彈道飛彈發射機的發射準備。絕不能掉以輕心。不過目前並未確認到短距離彈道飛彈的發射。』

馬歇爾司令鬆了一口氣說著。柯斯納艦長這時聽到咚的爆炸聲。

「艦長，『歐布萊恩號』爆炸，似乎被引爆。」

偵查員告訴柯斯納艦長。柯斯納艦長用望遠鏡看著驅逐艦「歐布萊恩號」。十公里前方的「歐布萊恩號」的艦影被黑煙包圍住，從艦尾開始沈沒。

4

北京・總參謀部作戰本部室　8月3日　中午12時

總參謀部作戰本部室瀰漫著一股沈痛氣氛。

狀況表示板上，從日本列島到琉球列島、台灣爲止的地圖掛在那兒，同時記錄著發動攻勢的中國陸海空三軍的配置，以及美日兩軍和台灣軍的配置。

在狀況表示板上琉球派遣第一航空母艦戰鬥群，顯示出面對日本海空軍和美國空軍時，吃了大敗仗而撤退。

失去包括輕型航空母艦「旅順」在內的十艘艦艇，失去很多的艦載機。不僅如此，二波大航空作戰也受到美、日空軍阻擋，投入約六百架軍機中，有一百六十四架被擊落。因此，立刻停止第三波航空攻擊，變成支援第一航空母艦戰鬥群的航空支援任務。目前撤退的航空母艦艦隊並沒有受到美日空軍追擊，殘存了七艘已經返航。

而給予美日兩軍的損害，雖然沒有全部確認，不過，除了「東風」的攻擊對於基地設施造成打擊之外，擊沈四艘敵艦或者是使其受損。擊落軍機二十四架而已。

總參謀部作戰本部部長秦平中將看著周志忠海軍上校。

「周上校，重新建立我們的航空母艦艦隊需要花多少時間？」

「最快也要一個月。」

周上校以沈痛的表情回答。作戰室長楊世明陸軍上校表情凝重。

「前些日子我接到報告，聽說航空母艦『北京』的修改還沒有完成。」

「『北京』的確結束了近代化修改，目前正在裝配裝備。但是組員的訓練不夠，艦載機的訓練也不夠。」

航空母艦『北京』是由前蘇聯海軍航空母艦「minscu 」進行近代化修改的航空母艦。當蘇聯瓦解後，俄羅斯為了削減國防預算而廢棄這艘航空母艦，將其賣給韓國，後來由中國買進，秘密回航到上海進行近代化修改，然後再度起航。

「輕型航空母艦『長春』呢？」

「完成『長春』最快也要花三個月時間。」

「屆時，第一航空母艦戰鬥群的『大連』和第二航空母艦戰鬥群的『北京』會合成為機動部隊，你覺得如何呢？而且可以觀摩敵人的對空戰鬥能力，第一護衛艦戰隊殘存的旅大改級飛彈驅逐艦『延安』等，也可以和第二護衛艦戰隊會合，重新編成機動部隊，否則無法抵抗美日航空海軍的戰力。」

秦中將考慮了一下這麼說著。周上校點點頭。

「正如你說的，我國艦隊欠缺對空戰鬥能力，是這次吃大敗仗的原因。」

連絡將校的少尉來到秦中將面前。

「秦作戰部長，上海的海軍司令部劉大江參謀長打電話來。」

「好。接過來。」

秦中將拿起桌上的電話聽筒。

「啊，我就是。」

『秦中將，對不起。這次航空母艦艦隊的失敗，我必須負責，我想引咎辭職。』

劉海軍少校的聲音顫抖著。

「訂立作戰計畫的是總參謀部作戰本部。你只是忠實執行作戰計畫而已。如果說你必須負責的話，那麼，我們作戰本部的責任就更重了。現在不是談責任的時候，應該將這次失敗的教訓當成勝利的教訓。」

『說的也是。』

「好了。昔日毛澤東主席所進行的長征，是在失敗後接著又失敗的後退戰。但是在失敗中卻重新演練戰術和戰略，最後才能得到革命勝利。現在正在檢討今後航空母艦的使用方式。你若有寶貴意見也可以告訴我，我將以你們的意見爲意見，進行今後航空母艦機動部隊的重建。」

沈默了一陣子後，聽到劉大江少將的聲音。

『我知道了。海軍司令部參謀部也會趕緊訂立重建構想，再向您報告。』

「好。拜託你了。」

秦中將掛上聽筒，在那兒思索著。秦中將突然看著楊上校。

「劉大江參謀長，就是劉小新中校的父親嗎？」

「是的。那又怎麼樣呢？」

「有沒有劉小新中校的消息？」楊上校覺得奇怪的問道。

「他去說服廣東軍之後就失蹤了，我認爲可能被廣東軍逮捕，但是目前行蹤不明。」

「爲了對這次失敗負責，必須解除海軍司令員和劉大江參謀長的任務。」

楊上校點頭。

「我也贊成這麼做。因爲如果不言明責任所在，我想是行不通的。即使作戰計畫正確，但是如果實行的人無能，作戰也無法成功。」

「但是先前我說不需要他負責……」

「爲什麼呢？」

賀堅陸軍上校和周海軍上校面露意外的神情問道。秦中將笑著說道：

「如果不這麼說的話，他可能會立刻逃走。立刻指示國家安全部逮捕劉大江少將，調查他身邊的一切。」

賀堅上校和周上校對看一眼。賀堅上校問道：

「爲什麼要調查呢？」

「劉小新中校和他父親劉大江少將的行動都很奇怪，劉家一族不是客家人嗎？聽說劉大江少將的兄弟是台灣軍部的將軍，這次的大失敗也許是他將情報透露給敵方。」

「真的嗎？我倒沒有想到劉小新中校和劉大江少將會做出這種背叛行爲。」

賀堅上校臉色凝重。劉小新中校是賀堅上校心腹中的心腹。

「爲了謹慎起見，一定要這麼做。一旦洗刷兩人的嫌疑立刻讓他們恢復權力。在此之前，必須將劉大江少將軟禁在自宅，監視他的行動，知道嗎？」

「知道了。這是無可奈何之事。」

賀堅上校和周上校都點頭。

「那麼，我就對國家安全部做出指示。」

楊上校意氣風發的拿起聽筒。

「接國家安全部。」

楊上校對著聽筒大聲做出指示。而秦中將則看著狀況表示板。發現敵我的配置記號有一些改變。連絡將校趕緊從通信室跑了過來。

「接到電子偵察機的情報，美國第七艦隊改變方向，開始朝琉球海域轉進。」

作戰本部室一齊拍手鼓掌，作戰幕僚們以開朗的表情互拍對方的肩膀。

「勝利了。」「作戰成功了。」

狀況表示板的第七艦隊第五航空母艦戰鬥群的位置，開始朝向東邊的八重山群島近海移動。同時台灣海軍第一四六艦隊也和第七艦隊一起後退。

楊上校放聲大笑：

「即使第七艦隊也在我軍人海戰術的威脅下撤退了，我軍作戰獲勝了。」

秦中將內心鬆了一口氣。

這是孤注一擲的賭博。因爲我軍根本不可能一次將一千枚以上的對艦誘導彈投入對第七艦隊的攻擊。就算有這麼多枚誘導彈，可是對艦誘導彈在二波琉球攻擊中已經大量投入，而沉睡在倉庫中的幾乎全都是舊式對艦誘導彈，對於實戰是否有幫助都令人懷疑。

如果第七艦隊還停留在當場，則我軍必須要拚命作戰，不具有對艦誘導彈的攻擊機，必須要利用炸彈，好像舊日本軍一樣發動神風特攻隊的攻擊效果才行。

高速飛彈艇的攻擊，也幾乎都是魚雷艇或是巡邏艇改造裝備對艦誘導彈的艦艇，是否能使用於實戰中，不嘗試使用根本不知道。而且很多改造漁船也只是假裝搭載了誘導彈，變成好像高速飛彈艇一樣。

如果威脅無法奏效，最後的手段就是必須要用東風搭載的戰術核子武器攻擊第七艦隊。一旦使用核武會使美國震怒，遭到核武的報復。

這樣一來，核子潛艇就必須對美國本土進行核子武器攻擊。這時核子武器報復戰爭就會展開，破壞整個地球、導致人類毀滅。

因此，作戰本部公然檢討核彈的使用問題，希望敵人的CIA能夠掌握到情報。希望美國方面知道，如果不對我們窮追猛打，我們不會真的想要使用核武。不希望與美國全面對決，這種心情應該說是以非正式的方式，但是仍然要靠外交管道讓美國政府了解。

但是美國方面對我們的決定到底了解到什麼程度?自己很難判斷。因此，只好發動航空攻擊或高速飛彈艇攻擊，以及利用艦隊展開真正的攻擊。

否則的話，單純的威脅、示威運動絕對無法使他們撤退。

「報告狀況。」秦中將看著狀況表示板説道。

空軍和高速飛彈艇進行從海與空中的第一波攻擊，似乎已經奏效。給予第七艦隊損害的同時，我方似乎也付出慘痛的代價。

何炎空軍上校站了起來。

「報告。第二航空師團第十二戰鬥機師團與第九十六轟炸機團，在第一波攻擊中對於第七艦隊和台灣海軍第一四六艦隊，發射了五十四枚對艦誘導彈。雖然尚未確認，但是第七艦隊和台灣艦隊似乎有四艘受損。航空戰方面，擊落敵人空軍軍機三架。持續第二波攻擊發射對艦誘導彈四十五枚，再度使得三艘敵人艦隊受損，擊落二架敵機。」

「我方損害情況如何？」

「殲擊6型戰鬥機二十八架，強擊5型攻擊機六架和轟炸機5型等中型轟炸機九架被擊落，大約有二十架失蹤，目前正在調查。如果持續調查，也許損害會增加。」

「比預料中的損害更少嘛。」

楊上校臉上露出笑容。何上校搖搖頭説道。

「琉球戰爭中，我國空軍和海軍航空隊，共有中型轟炸機轟炸6型二十四架、輕型轟炸機轟炸5型四十三架、強擊5型與同型改十五架、殲擊5型二十二架、殲擊6型三十六架、殲擊7型十一架、殲擊10型三架，以及最新的艦載機殲擊11型八架，亞克布雷夫垂直離陸機十四架被擊落。失蹤的飛機總計二十八架。」

楊上校的笑容消失了。秦中將面露凝重的表情問道：

「給予敵方的損害如何？」

「大約擊落美日空軍戰鬥機六十架以上，大都未確認擊落，詳細情況不明。」

秦中將思索了一會兒，點頭説道。

「不要相信這些報告。琉球戰爭中敵我的擊落比，他們是六十架，我們是二百零四架，比率爲一比三・四，這是絕對不差的數字。畢竟敵人使用的是最新銳的F－15老鷹和F／A－18大黃蜂飛機。對於大都擁有舊式戰鬥機和舊式攻擊機的我軍現狀而言，這不是輝煌的戰果嗎？」

「但是，卻失去寶貴的年輕機員。如果我國空軍和海軍航空隊也使用和殲擊10型或殲擊11型等與美日空軍軍機戰鬥能力匹敵的戰鬥機作戰，絕對不會輸的。」

何炎上校懊惱的說道。秦中將以安慰的表情拍拍何炎上校的肩膀。

「不管怎麼說，總後勤部已經秘密和俄羅斯交涉，想要緊急購買一百二十架蘇凱27。俄羅斯表面上似乎與美國的步調配合，但只要付錢，他們也會背叛別人的，不用擔心。」

「但是即使購買蘇凱，還是需要訓練機員，而且駕駛員不足也是嚴重的問題。」

「只要雇用俄羅斯的駕駛員就好啦。此外，兄弟國北韓政府也會秘密幫助我們。如果必要時，也許北韓空軍也會派出義勇軍。但是我們必須給予資金和糧食回報。」

「這樣就太好了。韓戰時我們曾經幫過他們，他們應該要知恩圖報。」

楊上校也表示贊成。秦中將環視參謀幕僚們。

「大家對於海軍與空軍的苦戰必須抱持覺悟之心。我軍不是擁有第二砲兵這個最大的王牌嗎？讓我們知道戰果吧！」

「知道了。發表先前已經知道的戰果。」

第二砲兵司令部派遣來的情報參謀葉紹明中校，環視著手上拿著資料的作戰參謀們。

「第二砲兵在這段期間進行二波彈道飛彈攻擊。第一波朝向台灣和日本各地，第二波則朝向台灣本島及琉球本島的攻擊。根據軍事偵察衛星收集的圖片及情報部的情報，顯示第一波攻擊就有以下戰果：首先是對於台灣本島的攻擊，二十九枚『東風』在目標地區著彈，擊沉二艘水上艦、貨船三艘，破壞周遭港灣設施，高雄近郊飛彈基地七處設施以及五處重要軍事戰略工廠地帶受到極大的損害。尤其敵人的武器工廠三設施大致被毀滅，可說是豐碩的戰果。」

參謀們全都響起喧譁聲。

「對於日本的戰果，九枚到達日本本土，相關設施以及艦艇、港灣設施、基地設施、軍事工廠七處受到極大的損害。基地方面，日本本土的百里基地倉庫和管理大樓冒火，橫須賀基地的碼頭遭破壞，停泊中的二艘運輸船嚴重受損，東京晴海碼頭和橫田基地設施遭到破壞。琉球本島的美軍基地和日軍基地的軍事設施也冒火爆破。」

現場響起鼓掌聲。

「接著是第二波彈道飛彈攻擊的戰果。台灣本島的南軍根據地高雄以及左營、馬公、蘇澳等海軍基地，台中的新社、台南的歸仁等主要基地十七處軍事目標，遭遇四十枚『東風』飛彈攻擊。周遭港灣設施四處、飛機工廠、武器工廠等三處軍事工廠、七處基地設施、鐵路設施、發電所設施、石油槽等，都受到極大的損害。

對於琉球本島的攻擊，發射五十枚『東風』飛彈，主要造成那霸機場、嘉手納機場、普天間基地、瑞慶覽和科特尼陣地、牧港等港灣設施極大的損害。其中一枚命中那霸市近郊的石油槽，目前冒起黑煙、燃燒熊熊火焰。嘉手納和那霸航空基地的滑行跑道和管制塔等遭到破壞，受到嚴重的打擊。從旁接收到衛星發送的ＮＨＫ，發現十多架待機中的戰鬥機遭到破壞，一艘停泊在港灣的運輸船被擊沈。」

幕僚們又拍手喝采。

楊上校開口說道：

「日軍的飛彈迎擊體制如何？」

「日軍飛彈迎擊能力目前幾乎等於零。日軍配備的美製愛國者飛彈，屬於對飛機用的飛彈，不具有擊落『東風』飛彈的能力。而我方的彈道彈被愛國者飛彈擊落的例子，在攻擊琉球本島時只有一枚，剩下的全彈到達目標。」

秦中將很滿意的環視參謀幕僚們。

「具有如此輝煌的戰果，相信我軍的威力的確震撼了美日兩國。加上第七艦隊退卻，現在對於台灣的攻略作戰，應該是最優先持續進行的任務。賀堅上校，對台灣的兵力增強作戰情況如何？」

賀堅上校說明。

「目前二千艘運輸船團正渡過海峽。第一陣二百艘、第二陣一百五十艘的運輸船將由基隆港等台灣北部各港進入。會合之後，無法完全入港的運輸船則在台北海岸附近停泊，利用救生艇或小船讓兵員登陸。目前大約有一個師團一萬四千人登陸。如果進行順利，到明天清晨爲止，剩下的二個師團三萬名兵員以及戰車二百輛、裝甲步兵戰鬥車四百輛、大砲二百門都可以登陸。」

「空中運輸目前是否可以再度展開呢？」

「關於空中運輸方面，美軍明言會斷然阻止，再開恐怕很困難。第七艦隊雖然撤退到琉球海域，但釣魚台海域的航空優勢依然掌握在美國海軍手上，想要侵入以進行航空運輸作戰很困難。如果大航空運輸作戰能夠進行，就可以將大量部隊派遣到台北。」

賀堅上校緩緩的將頭朝左右搖擺。秦中將看看參謀們說道：

「首戰琉球戰爭中，很遺憾我軍在空海戰方面失敗了，但是彈道飛彈戰爭我軍獲勝。進行下次琉球攻略戰爭時，必須記取這次的教訓並應用在作戰上。想要攻陷琉球必須先攻陷台灣，有餘力才可以進攻琉球。在此之前進行以彈道飛彈攻擊爲主的攻擊。對於琉球進行海上封鎖作戰，慢慢杜絶琉球的兵糧資源使其弱體化，最後再給予致命的一擊。利用這種戰略就能完成對日琉球戰爭。對日戰爭計畫研究班一定要牢記這一點，以策訂作戰方式。只要攻陷琉球，接下來將目標指向九州，就能使作戰順利。」

參謀們對於秦中將的演説全都鼓掌喝采。

5

鳥島海域　8月3日　上午7時

最後的對艦飛彈被二十釐米CIWS發射的機關砲彈擊中，破裂後衝向補給艦「常磐」前面的海面。

濺起大水柱，旗艦「霧島」的艦首衝入水柱。白色的海水在前甲板流動。

「對艦飛彈攻擊，全彈結束！」

ＣＩＣ室的操作員告知。

向井艦長擦拭額頭冒出的汗水。敵人的第三波航空攻擊總算結束了。突破到第三防禦線的對艦飛彈共八枚。

聽到咚的爆炸聲，又是引爆的聲音。向井艦長從艦橋拿著望遠鏡看看周圍的海面。距離左舷十公里處的海上冒起黑煙。

「『山雪』中彈，冒起火焰。」

偵查員叫道。向井艦長用望遠鏡觀察。煙囪根部附近的船腹開了一個大洞，黑煙冒出。向井艦長命令通信士：

「詢問『山雪』損害的程度。」

聽到複誦聲。

「『山雪』二階堂艦長回電。損害非常嚴重，有多數死傷者，請求救援。即將延燒到機械部。機械停止。進行損害控制，正在滅火。」

「艦長，立刻前往救助。」

司令席的一乘寺海將補大聲下達命令。向井艦長命令操作員。

「全速前進。左舵三十度……」

聽到複誦聲。「霧島」全速力衝向「山雪」。向井艦長擔心敵機逼近，因此抬頭看著西方的天空。

「CIC室，報告狀況。敵機呢？」

『根據AWACS的報告，沒有後續的敵機編隊。』

「沒有編隊嗎？」

『後續的部隊全部撤退。』

「什麼？」

向井艦長不相信。先前持續第一波、第二波、第三波以及航空攻擊，每一次都有大量的對艦飛彈襲來，當然覺悟會遭遇對方第四波攻擊。

在第一波、第二波攻擊中，第二護衛隊群有兩艘被擊沈、一艘嚴重受損。第三波時又有一艘中彈，第四波攻擊可能會引起更嚴重的損害。

第二護衛隊群的九艘中已經減少爲五艘，其中一艘是只有二十釐米CIWS沒有個艦防衛武器的「常磐」。船艦數目減少時湧向每一艦的對艦飛彈就會增加，艦隊防衛及各艦防衛都非常困難。

『中國航空母艦艦隊也轉進，全速開始撤退。』

CIC室的操作員驕傲的説著。

「與中國艦隊距離呢？」

『一百七十公里，方向二七〇，全速力朝西進。』

向井艦長心想這是真的。兩艦隊的距離逐漸拉大。

「第四護衛隊群和中國艦隊距離呢？」

『距離二百二十公里，他們也撤退了。』

「山雪」就在附近，艦的側腹開了一個大洞，洞中冒出摻雜火焰的黑煙。

比「霧島」先到達的「春雨」，甲板開始放出海水。

「山雪」艦上的甲板員們不斷奔跑，救火班拖著水管，朝向火的根源處不斷放水。

巡邏直昇機來到上空，負責搬運聚集在後部甲板的受傷者。

「根據『山雪』的報告。機械部泡水，機械部的火已經滅了，但是無法航行。」

通信士叫道。向井艦長詢問通信士。

「二階堂艦長沒事吧？」

「船艦中彈時艦長肩膀受傷，不過沒有性命之憂。」

向井艦長用望遠鏡越過「春雨」看著「山雪」的艦橋。在副艦長支持下的二階堂艦長還在指揮部下，似乎受傷了但卻停留在艦橋進行指示和命令。

「來自『山雪』艦長的連絡。不用管『山雪』，趕緊去追擊敵人艦隊。」

通信士告知。向井艦長詢問一乘寺司令。

「司令，中國艦隊已經撤退了，還要追擊嗎？」

一乘寺司令搖頭。

「我們第二護衛隊群現在進行『山雪』的救助活動之後，就要回那霸港，艦隊司令部並沒有下達追擊的命令。」

「了解。旗艦通知全艦。艦隊中止追擊，全力救援。」

通信士複誦。

『接到中央指揮所的命令。中國海軍、空軍開始撤退，各艦隊、各航空部隊返航，準備下一次的攻擊。』

CIC室的操作員告知。

一切都結束了。

戰爭暫時告一段落。這是非常慘烈的海戰。趕走中國航空母艦艦隊，但是並沒有勝利的實感，這就是實戰。

向井艦長無意識的深深嘆了一口氣。

遙遠的上空，從戰場折返的F—4EJ改鬼怪戰鬥機隊的編隊通過。

6

台灣・高雄市政府臨時總統辦公室　8月3日　上午11時30分

李登輝總統在室內，好像熊一樣來回踱步。

辦公室中包括朱孝武參謀總長在內，國防部長謝毅、外交部長薛德餘等政府高官都聚集在此。

「什麼，中國艦隊吃了敗仗嗎！這是好機會，這樣的話就可以阻礙中國進攻我國了。」

李登輝總統停止踱步。看著牆壁上的台灣以及周遭海域的地圖。朱孝武參謀總長站起來說明。

「遺憾的是，我們辦不到這一點。因爲在釣魚台海域的第七艦隊航空母艦艦隊受到中國軍隊的壓力，已經後退到琉球海域，戰況已經產生很大的轉變。中國軍隊可能會掌握這次機會，不斷進行海上運輸，會不斷將陸上部隊以及軍事物資運輸到陸地，這時我國海軍和空軍一定會拚命加以攻擊，阻止對方的登陸作戰，形勢並不輕鬆。」

「美軍什麼也不做嗎？」

「美軍只是進行限定的介入而已，關於中國空軍兵員的空中運輸，目前美國海軍艦載機已經封鎖航空路線，不過關於海上運輸方面並沒有出手干涉。」

李登輝總統大大的嘆了一口氣。

「美國政府的真意到底是什麼？看起來好像是要避免中國全面對決？日本政府遭遇琉球攻擊時，似乎也不得不擺出全面對決的姿態，這不是很好的傾向嗎？日本這時會不會全面支援我國呢？」

外交部長薛德餘搖了搖頭。

「即使日本政府想這麼做，但是根據現行的日本憲法，不能軍事支援他國，這是不可能的。日本會派兵到海外，唯一的辦法就是成爲聯合國ＰＫＦ的一員而出兵。但是日本的行動需要聯合國安全保障理事會的決議。」

外交部長薛德餘手上拿著文件持續說道。

「不久後就要舉行聯合國安全保障理事會了，在這麼緊急的遠東情勢上，相信他們一定會做出決議。」

「什麼樣的決議呢？」

「美日兩國共同提出的，就是指責中國對我國或日本的軍事侵略，催促他們立刻停戰。爲了謀求遠東的和平，可能會派遣聯合國和平維持軍ＰＫＦ前往台灣海峽或琉球。一旦決議之後，中國就是與全世界爲敵。」

「常任理事國的中國可以發動否決權啊？」

「即使是常任理事國，但是屬於當事國，所以在聯合國安全保障理事會中沒有投票權。」

「中國可能會反對將這次的事件當成議題討論吧。」

「萬一聯合國安全保障理事會無法決議時，就會召開臨時聯合國總會，到時也可以決議出同樣的內容。」

「但是，聯合國安全保障理事會的決議，應該最優先考量啊！」

「雖說如此，但是只要有聯合國大會的全體意見這個大義名份，即使不是聯合國軍隊，就像波斯灣戰爭一樣，可以組織多國軍隊派遣到我國。」

「嗯。如果這樣的話，台灣就得救了。」

李登輝總統好像祈禱似的閉上眼睛。聽到噴射引擎聲掠過頭上。抬眼看著窗外，經國戰鬥機編隊目標北方，飛過市政府的上空。

7

東京・總理官邸閣議室 8月4日 凌晨3時30分

徹夜舉行緊急國家安全保障會議。

老邁的身子怎能抵擋徹夜的會議。

濱崎首相的身子沈在議長席上，看著秘書官們將熱騰騰的咖啡分給相關閣僚和高官們。

以大國中國爲對手，我國到底能作戰到什麼程度呢？我國真的能戰勝中國嗎？

不，根本不可能獲勝，即使不勝利也無妨，最重要就是不能夠失敗。在不失敗的狀態下持續休戰，必須要保守我國的主權與獨立才行。因此，到底在何種階段之下可以持續休戰？到時應該拜託哪個國家擔任仲介工作呢？

濱崎首相啜飲一口咖啡，催促統幕議長河原端大志。

「統幕議長河原端你繼續說吧。」

穿著制服的河原端統幕議長，視線落在攤於桌上的地圖。地圖上畫著從台灣到西南諸島、九州地方。

「我國即使和中國處於交戰狀態下，我國自衛隊也不能進攻中國大陸。根據憲法，我國並沒有交戰權。憲法的精神就是反對以武力解決國際紛爭。自衛隊只不過是專守防衛的防衛力而已，只能在這個範圍內展現行動，必須保持守勢作戰。」

「這些事不用你說我也知道，統幕議長，你到底想對我們說什麼？」

川島通產相（通商產業大臣）以焦躁的聲音問道。濱崎首相則安慰川島通產相。

「川島，聽他說完嘛。河原端統幕議長當然也知道這一點，但是，他還是必須說明啊！」

河原端統幕議長惶恐的點點頭。

「也就是說，我們經常處於被動狀態，遭受攻擊，想要解決戰爭，我們沒有使對方屈服的方法或力量，只能等待中國自己放棄而已，我們根本束手無策？」

「那麼該怎麼辦才好呢？」

川島通產相詢問。河原端統幕議長點頭說道。

「打開目前狀態的方法，有三個選擇。第一就是向中國投降。」

「笨蛋。抵擋中國軍隊的攻擊中我們獲勝，爲什麼要投降呢？」

青木外相（外交大臣）生氣的反駁他，栗林防衛廳長官也嘲笑他。

「哦，你是說把琉球交給中國嗎?沒想到自衛隊的領導人統幕議長竟然會說出這番話，怎麼這麼懦弱呢？」

濱崎首相以手勢制止他們發言。

「這只是假設的情況，河原端統幕議長也了解這一點，但是投降是一種選擇方式。如果不喜歡聽投降這兩個字，就稱它爲和解工作吧。是吧，河原端統幕議長？」

「是的。投降是最不得已的解決方法。但如果以百年大計來考慮，這也算是敗中求勝的選擇方法。例如，太平洋戰爭中日本投降，但是卻得到目前日本的繁榮。以長遠的眼光看，也許失敗或勝利都是一樣的。身爲軍人的我似乎不應該這麼說。」

濱崎首相大笑道。

「既然這樣，我們在這裡煩惱日本的將來根本就是無用的嘛！」

大家都笑了起來。北山官房長官笑著催促他。

「那麼第二種選擇方法是什麼？」

「第二個選擇，就是長期持久消耗戰、持續作戰。大家請想一想在阿拉伯諸國環繞之下，持續不屈不撓作戰方式的以色列這個國家。不管中國再怎麼侵略我國，我們還是可以反抗。時代已經完全改變了，沒有所謂的完全勝利。相信中國總有一天會成爲民主國家，和解的時刻總會到來，我們要一直忍耐到那個時候爲止。」

「這樣很困難啊，今後中國將會成爲世界超級大國，成爲反民主的軍事大國，到時可能會擊潰我國。」

川島通產相嘆息的說。

「還有一個方法是，不要消極的等待中國結束這場戰爭，必須在外交及軍事上積極採取攻勢，消除中國侵略的意志。」

「喔。外交攻勢，該怎麼做呢？」

青木外相詢問。河原端統幕議長看了一眼青木外相。

「首先就是在外務省方面，必須訂立外交戰略。在亞洲造成冷戰構造瓦解的戰略。政治外交方面要對中國內部以及鄰國發揮作用，讓中國的社會主義體制自行瓦解。我們的自衛隊則配合這種戰略，想想在軍事方面能夠做些什麼，方法就是我們的自衛隊可以成爲聯合國軍隊前往該國。」

「但是，我們是被中國攻擊的當事國，當事國怎麼可能成爲聯合國軍隊呢？」

川島通產相感到懷疑。河原端統幕議長說道。

「昔日韓戰時，遭受北韓侵略的韓國和美軍一起成爲聯合國軍隊的一員，得到世界的支援與北韓軍作戰。只要世界認同，對我國在不合理的侵略下是被害國（就好像波斯灣戰爭時的科威特一樣），但是也是聯合國的和平維持軍，就可以用武力阻止中國的戰鬥行爲。不要一直被動的等待狀況變化，必須積極採取主動，行使武力讓中國停止戰爭，在國際上這也是具有法律根據的。」

「聯合國ＰＫＦ嗎？嗯。這的確是一大難題。」

濱崎首相嘆息的說道。青木外相則隨聲附和道：

「的確很困難。現在雖然召開聯合國安全保障理事會，當然會討論這個問題。我國和美國都是共同提案國，提出要求責難中國以及聯合國派遣ＰＫＦ的決議案。不過中國以外的其他國家到底會有什麼反應，我們還無法了解。」

這時聽到敲門聲。內閣秘書長走了進來，將便條紙交給青木外相。青木外相看看便條紙，以難以置信的神情搖搖頭。

「總理，通過了。聯合國安全保障理事會通過決議了。」

「什麼！」

所有出席會議的人都面露驚訝的神情。

「因爲是戰爭當事國，所以中國和我國不能參加表決。剩下的十二國中，決定責難中國的，贊成九國、反對零、棄權三國，因此通過。關於要求派遣聯合國ＰＫＦ到日本及台灣的決議，贊成九國、反對三國，也通過了。聯合國決定派遣ＰＫＦ。」

「好。這樣就好像聯合國支持我國一樣。外相，趕緊詢問聯合國事務局，我國是否可以派遣人員參加聯合國ＰＫＦ。說明我國的情況，希望他們一定要讓我們參加ＰＫＦ。」

濱崎首相以堅定的語氣說道。青木外相以及大家都互相握手，感到非常高興。但是，河原端統幕議長和向井原內閣安全保障室長兩人卻以憂鬱的神情看著閣僚們。

8

重慶市郊外　8月4日　下午1時

天氣非常晴朗，夏日陽光照耀著大地。

劉小新駕著卡車，有時看看坐在助手席上的明玉珍。明玉珍配合錄音帶播放的「北國之春」的節奏，在那兒哼著歌。

中途曾經好幾次經過軍人以及公安盤查所。明玉珍似乎認識這些士兵和公安，在這裡也將賄賂的錢交給對方後，平安無事的通過了。

周圍可看到岩石山以及深深的溪谷。狹隘的山間和平地中有田壟和田園。谷間的綠地上隱約出現小小的部落。

彎曲的小石子路終於進入山中，從卡車的後照鏡可以看到後面揚起的滾滾沙塵。

「老明，到底要到哪兒去啊？」

「就快到了，交給我吧！」

明玉珍笑了笑。將日本歌謠的錄音帶倒帶好幾次，也聽好幾次。

這個男人似乎很喜歡日本歌曲。劉小新對於明玉珍的身份很感興趣，但是沈默不語，因爲他知道總有一天會了解對方。

明玉珍從助手席的座位下抽出骯髒的布袋，打開布袋口取出裡面的兩艇衝鋒槍AKS—74。明玉珍一邊哼著歌同時拔出兩挺槍的彈夾，確認裡面已經裝滿子彈。然後叩好彈夾，裝填子彈。拉開安全裝置，隨時都可以射擊。

「爲了謹慎起見，我把這個交給你，如果覺得情況可疑時，你就毫無顧忌射擊吧！」

「似乎是要做大事喔！」

「否則也不需要借助你的力量了，如果知道只有我一個人，不知道他們會做些什麼。」

「喔。這個工作每次都是兩個人做的嗎？」

「以前是這樣的。」

「那麼你以前的伙伴呢？」

「到另一個世界去了，被那些人攻擊。」

「到底做什麼呢？」

明玉珍突然手指著前方。

「那裡，那裡。走這條路！」

在這條路和留有明顯輪胎輾過痕跡的山道叉路上，明玉珍催促劉小新將卡車開向山道。

進入一條森林蓊鬱茂密、沒有人煙的路。

「慢慢開。」

明玉珍將錄音帶的聲音開大，身子從窗户探出，看著前方。

「小王，没問題吧。不管發生什麼事情，你就裝做什麼也不知道。知道你是我的伙伴，他們不會加害你的。」

明玉珍小聲對劉小新說。劉小新謊稱自己叫王敏，因此，明玉珍就用這個名字稱呼劉小新。

「那麼先前的伙伴爲什麼會被殺呢？」

「因爲他没膽，想逃走啊！」

「到底要去見誰呢？」

「做生意的對象。雖然是一群危險的人，但是只要跟他們處熟之後，他們都是守信的人。」

「你們處得很好嗎？」

「雖然我這麼想，但是對方是不是這麼想我就不知道了。」

明玉珍對著窗外吐了一口口水。

前方的山道倒下一根雜木堵住道路。劉小新將卡車停在雜木前，明玉珍維持著錄音帶的音量把門打開。

「小心。引擎不要關。」

明玉珍看看周圍，慢慢的從助手席下來。劉小新則做好車子隨時可以發動的準備，屏氣凝神的觀察周遭狀況。

「怎麼會有雜木倒在這個地方呢？」

明玉珍發著牢騷，打算移開雜木。

周圍的草叢中突然跳出幾個人影，都是穿著迷彩野戰服的人，手上拿著自動步槍。

劉小新嚇了一跳，猛踩油門發動引擎讓車子前進，強行越過倒下的橫木，踩剎車。

「危險！明玉珍，快上車！」

劉小新大叫，明玉珍高舉著雙手一動也不動。劉小新將身子彎到座位下方取腳邊的AKS—74。正打算拿起槍時，有人將槍口對著他的頭。

「別動。」

對方低聲說著。

「慢慢把手放到頭上。」

「畜生！」

劉小新放棄了，只好放下槍。穿著迷彩服的男子搶過劉小新拿在手上的槍，男子迅速觸摸劉小新的身體，拔出他插在腰際的手槍。男子的槍仍然抵著小新，瞪著劉小新。

「不要緊的！小王，安心吧。這就是我們要見的做生意對象。」

聽到明玉珍的聲音，明玉珍終於回到助手席。這時另一個滿臉鬍鬚的男子也鑽了進來，他是一位表情陰險、看起來疑心病很重的男子。

「這傢伙是誰?和上一個人不同。」

「王敏。我的新伙伴。」

「北京人嗎?北京人不值得信賴。」

大鬍子瞪著劉小新。手槍對著劉小新。

「小王是廣東人。」

明玉珍慌慌張張的說明。

這時大鬍子用廣東話說出廣州市的地名,想要探試小新,劉小新用廣東話說「不知道」。

大鬍子笑了笑,揮舞著手槍。

「先前那傢伙還假裝說他知道呢,我只是隨便胡謅一個地名而已,看來你的確是廣東人,不過你的臉看起來很像是北京人。」

劉小新感覺自己的背後冒著冷汗。明玉珍關掉錄音帶。

「我保證,小王不是北京間諜。」

「明玉珍,誰信你的保證啊!」

大鬍子吐了一口口水。

「沒關係,只要知道你是間諜立刻殺了你。到時候你也一樣。覺悟吧!」

「殺了我，你們的貨可就賣不出去囉，知道我被殺的話，組織不會保持沈默的。」

明玉珍用廣東話說。大鬍子嘲笑他。

「我們才不受黑社會的威脅呢，就算你們不買還是有別人買。」

「但是，恐怕只有我們才有你們想要的貨吧，如果還有別的黑社會可以把那些貨運到重慶，我想見見他們。」

大鬍子顯露惡態。

這時，聽到後面的貨台上有聲響。其他穿著迷彩服的男子似乎已經爬上了貨台。

「開車。」

大鬍子下達命令。劉小新開車。站在階梯上的男子依然用手槍抵著劉小新，手指扣在板機上，似乎在說只要他有一些異常舉動，就要射殺他。

劉小新讓車子的車輪輾過小石子，但是害怕當車子彈跳時擦槍走火，感到戰戰兢兢，男子在那兒笑著。

這些人到底是誰呢，劉小新在那兒思索著。看起來並不像正規的士兵，穿著骯髒的迷彩服，可能是逃兵等野盜集團。

沿著山道開始爬坡之後，進入了一個充滿綠意的山間，聽到河水流動的聲音。

終於開始通往小谷間的坡道，山道前似乎是貧窮農家聚集的小鎮。

眼前突然一亮，小鎮前面有一條茶褐色的大河，可能是注入長江的支流之一吧。在河岸可以看到棧橋，還有幾條鋼繩綁住小型蒸汽船和小船。

卡車進入小鎮的街道上時，可能是聽到車子的引擎聲吧，許多户民宅門口出現穿著粗糙民族服裝的老女人、老人以及女子和兒童。

劉小新奉命將車開入廣場中。身上穿很少衣服的孩子們戰戰兢兢的靠近卡車，穿著迷彩服的男子則從後面的貨台上陸續下車。

「下車。」

大鬍子用下巴指指明玉珍和劉小新，劉關掉引擎下車。

明和劉坐在樹蔭下，看守他們的男子手上拿著槍，監視著劉、明。

劉掏出香煙，用火柴點火，窺探男子們的樣子，男子們則親切的和聚集在那兒的女子和兒童説話。

看女子們穿著的民族服裝，好像是少數民族彝族的青年。大鬍子正在那兒和小鎮上走過來的滿頭白髮、留著山羊白鬍鬚的長老商量著。

穿著破褲子的男孩和上半身赤裸的男孩，以及頭髮散亂骯髒的女孩手牽手，面無表情的靠近劉小新等人。

孩子們身材細瘦。二歲左右的女孩抱著用破布做成的稻草人娃娃。

「喂，吃吧！」

明從口袋裡掏出幾顆糖球，遞給孩子們。孩子們似乎稍微有一些表情，但是誰也不敢出手去拿。

「沒關係，拿去吃吧！」

明玉珍儘量放鬆臉上的表情，把糖球擺在手上遞出去。這時身材最高大的男孩終於拿了糖球，其他男孩則趕緊跑過來搶奪留在明玉珍手上的糖球。

負責監視的年輕人尖聲責罵他們。這時孩子們全都四散奔逃，只剩下頭髮髒亂的女孩和二歲大的小女孩。

負責監視的男子們面無表情的站著。明玉珍笑著掏掏口袋又找出幾顆糖球。

「只剩這些囉，拿去吧！」

小女孩想要伸手去拿，而好像是她姊姊的女孩卻責罵她，使她收回手。

明玉珍把糖球擺在女孩們腳邊，女孩看都不看糖球，只是以銳利的眼光看著明玉珍和劉小新，後退、然後拔腿就跑。

「真是驕傲的人啊。甚至連孩子都不願意看扔過去的餌，和我們這些人是不同的。」

劉小新撿起散落一地的糖球，想要遞給孩子們，孩子們則在遠處看著劉等人。

劉小新用手招喚他們，但是沒有人過來。

大鬍子男子和長老一起走到樹蔭下。

「讓我看貨嗎？」

「好，你們的貨準備好了嗎？」

「只準備了一半，剩下的明天早上會到，在此之前你們就待在這個村子裡吧。」

大鬍子很不高興的說著。明玉珍笑著看著劉小新。

「怎麼樣？伙伴。」

「貨明天早上才到，只好在這待著囉！」

劉小新聳聳肩。明玉珍用手勢表示暫時不能回去。

「這樣啊！」

明玉珍點點頭，回頭看著大鬍子。

「讓我看貨。」

明玉珍用下巴指指劉小新。劉小新繞到卡車後面，爬上貨台，貨台深處堆著幾個木箱子，明玉珍用手指著貨台下方橫長的一箱東西。

「就是這個箱子，拿出來吧！」

劉小新打算抬起寫著農機具零件的箱子，但是非常沈重。大鬍子以尖銳的聲音不知道在說些什麼，這時有幾個人跳到貨台上，和劉小新一起把木箱從貨台搬下來。大鬍子拔出軍用刀，插入木箱蓋的縫隙，打開木箱，掀開木蓋，看到箱子裡塞滿稻穀。

明玉珍撥開稻穀，取出用油紙包住的東西，一看就知道是槍。

明玉珍將槍交給大鬍子。大鬍子笑了起來，撕開油紙袋，取出塗成綠色的衝鋒槍AKS—47。

明玉珍又摸索稻穀取出了小包，將紙撕破露出黑色發亮的彈夾。明玉珍把彈夾丟給大鬍子，大鬍子接過彈夾，很快的插入槍內。

「雖然不是新品，但都是很好用的東西。而且準備了足夠的子彈。」

「手榴彈呢？」

「你要的貨全都準備好了。」

明玉珍以一副理所當然的表情看著劉小新。劉小新大致已經推測出貨是什麼東西了，因此隨聲附和，因爲事先明玉珍就已經吩咐他一切都要配合他。

「全部卸下來，我要檢查。」

這時，周圍樹林裡出現拿著山刀和舊式獵槍、長矛的男子們。與大鬍子所率領的男子們服裝完全不同，身上穿著各種不同顏色的老舊民族服裝。

大鬍子向部下們怒吼著。部下們一起爬上貨台，開始卸下堆積在貨台上的木箱。如棺材般大的木箱一看就知道是彈藥箱。

所有的木箱都卸下來了，排在地面上，總共有三十八箱。

在大鬍子的指示下，將木箱蓋一一打開。

劉小新屏氣凝神。見識超乎想像的大量、種類不同的武器、彈藥，包括卡拉什尼科夫衝鋒槍ＡＫＳ—47、ＰＫ機關槍、手榴彈、擲彈筒、對戰車、火箭彈ＲＰＧ—7等，準備所有的步兵用武器，甚至還有用後即丟的對空飛彈ＳＡ14。

木箱角落都蓋著人民解放軍的標誌，所以應該是廣東軍的轉讓品或是盜賣品，足夠編成一個中隊量的武器彈藥。

大鬍子大聲對村人說話。既不是廣東話也不是北京話，而是彝族的語言。長老攤開雙手，好像唱歌似的開始說話，這就好像一個訊號，村人們陸續進來。

大鬍子毫不吝嗇的將槍交到每個人手中，有的人甚至想要爭奪，連忙丟下舊式獵槍，開始搶奪機關槍或彈藥。

明玉珍看著大家的樣子，對大鬍子說：

「楊同志，約定的貨呢？」

「啊！準備好了。」

大鬍子用下巴指指明玉珍和劉小新，做出跟我來的動作，幾名部下也跟著來。大鬍子打開蓋在河邊的一間倉庫的小門，走了進去。

劉小新進入小屋的瞬間，覺得聞到一股酸甜味，一種不知道曾經在哪兒聞過的味道，看到裡面擺著幾個麻布袋。

大鬍子取出一個麻布袋交給明玉珍，明玉珍解開綁住袋口的繩子，取出裡面的東西，看來是茶褐色、好像肥皂般的固體物。明玉珍用鼻子聞聞味道，用小型刀削下部分固體物，原來是鴉片膏。

「這在山中不能精製，但卻是好貨喔！」

大鬍子說著，明玉珍好像也很滿意的點點頭。

「楊同志，你說明天早上剩下的一半會進來，是真的嗎？」

被稱爲楊同志的大鬍子好像很迷惑的搖搖手。

「請你不要再叫我同志了，我現在已經不再是共產黨了。」

「我知道。我不再說了。」

明玉珍笑了起來，但是眼睛並沒有笑。

「剩下的貨從山上送下來也要花一點工夫，畢竟是在深山裡栽培的貨。同時政府軍的巡邏非常嚴格。」

「做生意當然有說不完的藉口，不過以物易物是我們的條件，沒有貨我就只能向組織報告囉。」

「以前我從未違反過約定啊！」

大鬍子不高興的瞪著明玉珍。

「光是把這些帶到廣州去就可以變成幾十、幾百倍的價格，你們還要靠我們做生意呢！」

「啊！彼此彼此，你們不也要依賴我們嗎？不要發什麼牢騷了，難道有其他組織擁有這麼多的武器彈藥嗎？你要知道我們也是冒著危險呢！」

明玉珍重新綁緊袋口，數數袋子的數目，共有二十袋。

突然間，一名穿著迷彩服的男子跑了過來，不知道告訴大鬍子什麼事情。

「快躲起來，不要離開小屋，直昇機在巡邏。」

聽到輕微的飛機引擎聲，大鬍子們抱著武器迅速往外跑。廣場的村人們也抱著木箱和武器、彈藥，奔回各自的小屋。

穿著迷彩服的男子們，將樹葉、樹枝鋪在卡車上，立刻僞裝成從空中看不出來的樣子。

「這個人到底打算做什麼？」劉小新問明玉珍。

「你應該知道嘛！」

明玉珍莞爾一笑。

「什麼？」

「你不是北京的間諜嗎？」

「你怎麼現在還這麼說呢？」

「是啊，我也認爲你是北京派出來的間諜。爲了以防萬一，如果被逮捕，你是我的安全牌，所以我想把你擺在我身邊。」

「這怎麼回事啊？」

「你知道這些人就是背叛北京的遊擊隊，這些人主張少數民族彝族應該要分離獨立，因此和四川省及雲南省的彝族一起發起抗爭，在深山裡苦戰。不過這都與我無關，只要能夠賺錢，到哪兒我都去，這就是我們的生意。」

「老明，你是武器商人還是麻藥批發商呢？」

「兩個都對，那麼，你到底是誰呢？你的本名不是王敏吧？」

明玉珍笑著問他，劉小新沈默不語。

「你可以不要回答我，就算聽到，對我也沒什麼好處。不知道反而能夠明哲保身，你是誰與我無關。」

低空掠過頭上的直昇機聲音響徹谷間。從門縫朝外偷看，路上已經沒有人影。先前遊玩的孩子們也都躲進家中了。

當直昇機的聲音遠離時，就好像是信號一樣，男女老幼全都走了出來，大鬍子命令部下們。部下們和村人一起扛起裝著武器、彈藥的木箱，朝著往森林深處延伸的山道走去。那裡似乎有秘密的武器庫，他們的身影消失在森林深處。

「工作結束之後你也可以分一點錢，你想要多少？」

明玉珍笑著問他。劉小新告訴對方他認爲適當的數字，明爽快的點點頭。

※　※　※

夜幕包圍整個村子。熱帶夜的暑熱還在附近瀰漫。隨著夜深之後，帶有涼氣的風不斷吹拂著。肌膚都發冷，根本無法睡著。劉小新躺在吊在樹木之間的吊床上。豎耳傾聽夜晚的聲響，只聽到蟲聲唧唧。

火堆不斷吐出火舌。黑暗不斷湧過來。

黑暗中傳來腳步聲。藉著火堆的光亮看到了明玉珍，感覺他的腳步不太穩當。

「你還沒睡嗎？」

「我在思考。」

「要不要來一根？」

明玉珍遞出手上拿著的長煙管，撲鼻而來的是鴉片的味道。劉小新接過煙管，明玉珍在火盤中塞入鴉片膏。

「怎麼吸啊？」

「你不知道怎麼吸嗎？」

明玉珍以訝異的表情問他。劉小新點點頭。

明玉珍從火堆中取出點燃火的小樹枝，開始點燃鋪在火盤中的鴉片膏。

「靜下心來慢慢的吸，讓空氣進入肺中。不要太急，慢慢的吸，彩虹的世界就會擴展開來喔！」

劉小新照他所說的開始吸煙。剛開始覺得有酸甜味，有點想吐，但是心情漸漸平靜下來，感覺周遭的空氣完全改變了。就好像擁著心愛的女人睡覺一樣，非常舒適。眼前浮現胡英的面容。

「怎麼樣？感覺很棒吧？」

「嗯！」

全身擁有一種慵懶的感覺，想到一些美好的回憶。周遭的一切都變成彩虹色，連火堆的火焰都好像在那兒翩翩起舞，好像聽到天使的歌聲。

劉小新叼著鴉片煙管，感覺很想睡，胡英在他眼前笑了起來。

「我的小新啊！我會一直待在你的身邊的。」

劉小新笑著，緊緊抱住胡英芳香的身體，聽到胡英的笑聲。

9

突然聽到淒厲的槍聲，劉小新嚇了一跳，從吊床上跳了下來，天已經亮了。

敵襲！劉小新滾進樹木陰暗處。看看周遭，村裡的農家已經冒出火焰。

村人們驚叫著、拚命逃竄。機槍不斷掃射這些人。

聽到頭上傳來轟隆巨響，似乎有幾架武裝直昇機飛過。

到底發生什麼事情？事態似乎非常嚴重。

「明玉珍！你在哪裡？」

沒有看到明玉珍，沒有看到大鬍子，也沒有看到穿著迷彩服的部下。

大家到底消失到什麼地方去了，拖著白煙尾的火箭彈飛入一間農家。火光一閃整個住宅崩裂開來，可以看到被炸的老人和兒童。

到底在做些什麼！他們是人咧！

劉小新沿著樹木跑向村中的廣場。許多女人和小孩聚集在那裡。老人蹲在那兒，有的跌倒在地。這些小孩就是昨天還拿著糖球的男孩。

有的頭部被炸裂，有的胸部和腹部開了無數的彈痕口，內臟都從腹部流出來。劉小新感覺想吐，蹲在那兒。劇烈的嘔吐，最後吐出黃色的胃液。

激烈的槍聲響起，隱約看到遠離村落的士兵們都穿著人民解放軍的野戰服。

抱著幼女的母親從一間農家爬了出來，還有一個女孩跟在她後面，就是那個頭髮髒亂的女孩。一連串的掃射從其背後襲來。

母親的民族服裝立刻被染成紅色。女子滾到地上，抱著的幼女跌落下來。好像被火燒到似的在那兒放聲大哭。原本跑開的女孩停下腳步，又跑回幼女身邊。這時從農家後面跑出來的士兵拿槍對著她們。

劉小新不禁大叫著：

「停止射擊！」

士兵一連串掃射。女孩的身體跌落地面。幼女胸和頭遭到射擊，停止了哭泣。幼女手中抓著的稻草人娃娃也掉落地面。

「做什麼！」

劉小新緊握拳頭坐在那兒。

頭上傳來轟隆聲響。激烈的風在四周吹拂。草和樹梢都倒下。聽到螺旋槳的聲音，直昇機降落了。

劉小新跳了起來，跑向用樹枝和草遮蓋的卡車。發現劉小新的士兵們開始用機槍掃射他。腳邊揚起滾滾沙塵。子彈擦過劉小新的手臂和胸前。

聽到有人在那兒大叫以及怒吼聲。

劉小新打開駕駛座的門，鑽到裡面想要找槍。槍不在那兒，想起昨天被大鬍子的部下們收走了。

槍聲響起，卡車玻璃窗破裂。劉小新趴在駕駛座上，爬向助手席的方向。打開門，滾了出去。

拿著自動步槍的士兵們站在那兒，劉小新高舉雙手大叫著。

「不要射擊！我是人民解放軍總參謀部劉小新中校！」

士兵們臉上露出淡淡的微笑。用槍後座毆打劉小新。劉小新跌落地面。鼻血直流，鮮血也從嘴唇流出。

打算爬起來時，劉小新被一名士兵用槍口抵住。

「放棄吧。什麼人民解放軍中校！只是骯髒匪族的混蛋。」

士兵要劉小新跪下。正打算扣板機，劉小新已經放棄一切。

「等等！不要射擊，他是我們的同志。」

聽到這個聲音，劉小新抬起頭來，看到明玉珍的笑容。

「明玉珍！這怎麼回事，你是——」

「你畢竟不是普通人，劉小新中校嘛，是總參謀部的優秀份子嘛。」

明玉珍嘲笑他，士兵一陣愕然，看看明玉珍和劉小新。

「真是笨蛋，怎麼可以在這地方殺掉偉大的長官呢！」

二名士兵後退，直昇機著陸於廣場。幾名人民解放軍將校走下直昇機。肩上帶著少校與上尉肩章的野戰服將校們走向明玉珍。

明玉珍立正向兩人敬禮。

「徐少尉，辛苦你了。幹得好，這個俘虜是？」

「不是俘虜，是總參謀部的劉小新中校。」

「什麼?是真的嗎？」

「是的。和我在該部見到的照片中的男子一模一樣。昨夜確認他是劉小新中校。」

劉小新抬頭看著自稱爲「明玉珍」的徐少尉。

「確認了嗎？」

「劉小新中校吸了鴉片之後，不論問他什麼他都據實回答。」

劉小新搖搖頭，好像不記得這些事了。

「隊長，把俘虜帶走。」

士兵們將幾名村人和穿著野戰服的男子們帶走。

其中也包括留著大鬍子的男子。

「你們真的是間諜嗎？」

大鬍子對著劉小新的臉吐口水，劉小新閉上眼睛。

槍聲響起。睜開眼睛時，徐少尉的手槍對著大鬍子的頭發射。頭好像石榴一樣破碎，大鬍子倒地不起。腦漿四散迸裂。

接著士兵們一起用槍向俘虜們掃射。所有俘虜全部血濺當場、倒地不起。

「做什麼！」

劉小新飛奔到徐少尉身邊，抓著他的胸口毆打他。徐少尉倒了下來，但是卻一邊擦拭唇邊的血，臉上露出嘲弄的笑容站了起來。

「劉小新中校，這些人搞分離獨立運動，如果不全部殺掉的話，沒有辦法制止其他人。你們這些參謀們只要坐在桌前下達命令就可以了，但是面對敵人的是我們，不殺了這些人，下次被殺的就是我們。」

劉小新雙臂被士兵們抓住。

「把中校帶回本部！」

少校愁眉苦臉的命令部下。劉小新被士兵們帶走，帶往直昇機上。劉小新一邊走一邊看著幼女和女孩的屍體，淚水模糊的雙眼已經看不清楚稻草人娃娃了。

當劉小新坐上直昇機時，螺旋槳開始迅速旋轉，機身緩緩上浮。

眼下還可以看到冒起白煙燃燒的小鎮住宅。看到倒在廣場和街上的無數屍體。劉小新在心中反問自己。

他們到底做錯了什麼？

在朝霧中逐漸遠離遭受戮殺的村子。同時，劉小新感覺到自己所相信的一切，似乎逐漸瓦解了。

10

北京・日本大使館 8月4日 上午7時

使館前的街道上一大早就已經聚集了幾百名中國示威隊，怒吼著「打倒日本軍國主義！」、「東洋鬼！滾回去」。聽到他們在那兒呼喊口號。

駐任武官補野田克彥三佐，環視因爲散落的文件而非常凌亂的辦公室。應該處理掉的重要秘書文件全都已經燒掉了。還有尚未處理掉的文件呢？

「野田先生，時間到了。」

正木二等書記官看看手錶，對他這麼說。

中國政府建議他們最好在本日上午八點以前離開中國。

野田嘆了一口氣。看來日本和中國要進行全面對決了。可能不會再回到這裡了。

疋間大使直到今天早上爲止，還努力想要維持中日和平。但是外務部的次官拒絕會見他。一週前中國公安當局和國家安全部的士兵們已經重重包圍大使館。事實上，他們已經被視爲是戰爭俘虜一般。

大使館的建地內，已經備妥由國家安全部派遣的塗成黑色的紅旗以及搬運車，打算讓疋間大使和野田等人乘坐到北京機場去。

接下來中國到底會變成什麼狀況呢？

野田三佐感覺非常不安。

新疆維吾爾地區、西藏自治區已經展開分離獨立運動。事實上是處於內亂狀態。

東北三省已經宣布獨立爲滿洲共和國。爲了加以阻止的北京政府軍和瀋陽軍正隔著省境互相對峙，形成一觸即發的狀態。

早晚都會發生衝突，這是野田等人的判斷。

四川省成都、雲南省昆明等人民解放軍的一部分也反叛中央，聲明要和廣東軍會合。還有包括彝族在內的國內五十五個少數民族，各自提出民族獨立口號。其中也有些像內蒙古的蒙古民族一樣，開始展開游擊戰。

宣布華南共和國獨立的廣東軍，和前往鎮壓的北京軍的戰鬥狀況，雖然還沒有傳到中央，但是一定非常慘烈，持續一進一退的狀況。

暫時控制香港的廣東軍，後來受到奪回廣州市的北京軍的壓力，陷入苦戰中。廣東軍暫時失勢，似乎呈現敗色。

廣東軍秘密要求台灣政府支援，加深與台灣的軍事合作。在台灣受到北京軍支援的台灣北軍和擁護李登輝總統的台灣南軍開始內戰。

現在，台灣南軍和廣東軍的聯合軍，對台灣北軍與北京軍聯合軍的戰爭已經開始了。日本和美國軍隊也捲入其中。中國內戰難道真的會演變成遠東亞洲全區的大戰爭嗎？

「走吧。希望有一天能夠再回來。」

正木書記官喃喃自語的說著。野田也有他的想法，手上提著公事包。

上空傳來轟隆的噴射引擎聲，航空飛機編隊通過。並沒有看到機影，看來是殲擊7型戰鬥機的大編隊向南飛去。

野田三佐振作精神，打開大使館的門，走下樓梯，走向車子等待的門廊前。

（待續）

軍力比較資料

自衛隊

◎以下是指中日戰爭發生時的編成。

◎航空自衛隊

航空總隊

總隊司令部飛行隊（入間）
電子戰支援隊（入間）　YS—11E、EC—1
電子飛行測定隊　YS—11E
偵察飛行隊（百里）
第五〇一飛行隊　RF—4E、RF—4EJ
防空指揮隊（府中）
飛行教練隊（新田原）　F—15J
警戒航空隊
第六〇一飛行隊（三澤）　E—2C
第六〇二飛行隊（小松）　E767AWACS
程式管理隊（入間）
教導高射隊（濱松）
★北部航空方面隊（三澤）
北部航空警戒管制團（三澤）

第二航空團（千歲）
第二〇一飛行隊　F—15J
第二〇三飛行隊　F—15J
第三航空團（三澤）
第三飛行隊　F—2（F—1退役）
第八飛行隊　F—4EJ改
第三高射群（千歲）
千歲、長沼（愛國者飛彈）
第六高射群（三澤）
八雲、車力（愛國者飛彈）
北部航空設施隊（三澤）
第一基地防空群（千歲）
★中部航空方面隊（入間）
中部航空警戒管制團（入間）
第六航空團（小松）
第三〇三飛行隊　F—15J
第三〇五飛行隊　F—4EJ改變更爲F15J
第七航空團（百里）
第二〇四飛行隊　F—15J

第三〇五飛行隊　F—15J
第一高射群（入間）　入間、武山、習志野、霞浦（愛國者飛彈）
第四高射群（岐阜）　餐庭野、岐阜、白山（愛國者飛彈）
中部航空設施隊（入間）
入間、小松、百里
硫黃島基地隊
各基地防空隊
★西部航空方面隊（春日）
西部航空警戒管制團（春日）
第五航空團（新田原）
第二〇二飛行隊　F—15J
第三〇一飛行隊　F—4EJ改
第八航空團（築城）
第三〇四飛行隊　F—15J
第六飛行隊F—4EJ改(F—1退役)
第二高射群（春日）
第五〇一基地防衛隊
西部航空設施隊（蘆屋）
西部航空司令部支援飛行隊（春日）
★西南航空混成團（那霸）

西南航空警戒管制團（那霸）
第五〇一基地防衛隊
第八三航空隊
第三〇二飛行隊
F—4EJ改（擁有三十架以上）
西南支援飛行班　T—4、B—65
第五高射群（那霸）
那霸、恩納、知念（愛國者飛彈）
西南航空設施隊（那霸）
★航空支援集團（府中）
航空救難團（入間）
包括千歲、那霸等各地的救難隊
第一運輸航空隊（小松）
第四〇一飛行隊　C130H
第二運輸航空隊（入間）
第四〇二飛行隊　C—1、YS—11
第三運輸航空隊（美保）
第四〇三飛行隊
C—1、YS—11、U—4
第四一教育飛行隊　T—400
航空保安管制群（入間）
航空氣象群（府中）
飛行點檢隊（入間）

特別運輸航空隊（千歲）　U—125、T—33、YS—11
七〇一飛行隊　B747
★航空教育集團（濱松）
第一航空團（濱松）
第三一教育飛行隊　T—4
第三二教育飛行隊　T—4
第四航空團（松島）
第二一飛行隊　T—2
第二二飛行隊　T—2
第一一飛行隊　T—4藍因帕雷
第十一飛行教育團（靜濱）　T—3
第十二飛行教育團（防府）　T—3
第十三飛行教育團（蘆屋）　T—1/T—4
航空教育隊（防府南、熊谷）
幹部候補生學校（奈良）其他術科學校
★航空開發實驗集團（入間）
航空醫學實驗隊（立川）
電子開發實驗群（入間）
飛行開發實驗團（岐阜）
★補給本部（市ケ谷）
第1到第4補給處爲止

◎海上自衛隊

自衛艦隊（橫須賀）
護衛隊群（橫須賀）
★第一護衛隊群（橫須賀）
宙斯盾艦DD173「金剛」
第四六護衛隊（橫須賀）
DD153「夕霧」
DD154「雨霧」
第四八護衛隊（橫須賀）
DDG101「村雨」
DD155「濱霧」
DD157「澤霧」
第六一護衛隊（橫須賀）
DDH144「倉間」
DDG171「旗風」
補給艦
AOE421「永久號」
第一二一航空隊　SH—60J
★第二護衛隊群（佐世保）

宙斯盾艦ＤＤ１７４「霧島」

第四四護衛隊（吳）

ＤＤ１２９「山雪」

在第三波攻擊中中彈受損。不能航行

ＤＤ１３０「松雪」

在第一波攻擊中被中國海軍艦對艦飛彈擊沉

第四七護衛隊（佐世保）

ＤＤＧ１０２「春雨」

ＤＤ１５６「瀨户霧」

在第二波攻擊中受到對艦飛彈攻擊，被擊沉

ＤＤ１５８「海霧」

在第二波攻擊中後部直昇機甲板中彈，輕微受損。航行無礙

第六二護衛隊（佐世保）

ＤＤＨ１４３「白根」

在第二波攻擊中後部甲板中彈，中度受損。能自力航行回航

ＤＤＧ１７２「島風」

補給艦

ＡＯＥ４２３「常磐」

第一二二航空隊

★第三護衛隊群（舞鶴）

宙斯盾ＤＤ１７５「妙工」

第四二護衛隊（舞鶴）

ＤＤ１２８「春雪」

ＤＤ１３１「瀨户雪」

第四五護衛隊（佐世保）

ＤＤＧ１６８「立風」

ＤＤ１５１「朝霧」

ＤＤ１５２「山霧」

第六三護衛隊（舞鶴）

ＤＤＨ１４１「春名」

ＤＤＧ１６９「朝風」

補給艦

ＡＯＥ４２１「逆見」

第一二三航空隊

★第四護衛隊群（吳）

宙斯盾ＤＤ１７６「潮解」

第四一護衛隊（大湊）

ＤＤ１２５「澤雪」

ＤＤ１２６「濱雪」
ＤＤ１２７「磯雪」
第四三護衛隊（橫須賀）
ＤＤ１３２「朝雪」
ＤＤ１３３「島雪」
第六四護衛隊（吳）
ＤＤＨ１４２「冷井」
ＤＤＧ１７０「澤風」
補給艦
ＡＯＥ４２４「濱名」
第一二四航空隊

潛水艦隊（橫須賀）

☆第一潛水隊群（吳）
ＡＳＲ４０２「不死身」潛水艦救難艦
ＡＳＵ７０１８「朝雲」特務艦（護衛艦ＤＤ山雲型３號艦，爲ＦＡＲＭ）
★第一潛水隊
ＡＴＳＳ８００６「夕潮」練習潛水艦
ＳＳ５７５「瀨戶潮」
ＳＳ５７６「沖潮」
ＳＳ５７９「秋潮」
★第五潛水隊
ＳＳ５８３「春潮」
ＳＳ５８４「夏潮」
ＳＳ５８７「若潮」
★第六潛水隊
ＳＳ５８５「速潮」
ＳＳ５８６「荒潮」
ＳＳ５８８「冬潮」
☆第二潛水隊群（橫須賀）
ＡＳ４０５「千代田」潛水艦救難母艦
ＡＳＵ７０１９「望月」特務艦（事實上是將護衛艦ＤＤ「高月」型２號艦「菊月」進行近代化修改ＦＡＲＭ的艦）
★第二潛水隊
ＳＳ５７７「灘潮」
ＳＳ５７８「濱潮」
★第三潛水隊
ＳＳ５８９「朝潮」
ＳＳ５９０「親潮」
★第四潛水隊
ＳＳ５８０「竹潮」

SS581「雪潮」
SS582「幸潮」

掃海隊

★第一掃海隊群（吳）
MST462「朝瀨」
第十四掃海隊（佐世保）
MSC656「藥島」
MSC657「鳴島」
MSC669「曽孫島」
第十六掃海隊（吳）
MSC662「濡島」
MSC663「枝島」
第十九掃海隊（吳）
MSC665「姬島」
MSC666「置島」
MSC667「兩島」
第二三掃海隊（吳）
MSC676「汲島」
MSC677「撤島」

MSC678「跳島」
★第二掃海隊群（橫須賀）
MST463「裡賀」（橫須賀）
MMC951「草屋」（橫須賀）
第二〇掃海隊（大湊）
MSC670「泡島」
MSC671「朔島」
第二一掃海隊（橫須賀）
MSC674「月島」
MSC675「前島」
第二二掃海隊（橫須賀）
MSO301「八重山」
MSO302「都島」
MSO303「八十」
第五一掃海隊（橫須賀）
☆開發指導隊群（橫須賀）
試驗艦ASE6101「栗濱」
試驗艦ASE6102「明日賀」
☆第一運輸隊（橫須賀）
LST4151「見裡」
LST4152「牡鹿」

LST4153「札間」
LST4001「大隅」

地方隊

☆橫須賀地方隊（從岩手到三重爲止）

第三三護衛隊
DE223「佳野」
DE224「熊野」
DE225「野白」

第三七護衛隊
DD122「八雪」
DE220「千歲」
DE221「二淀」

第十掃海隊
MSC653「浮島」
MSC668「百合島」

小笠原分遣隊（父島）　特務艇85號ASU85

直轄艦
破冰艦AGB5002「白瀨」
運輸艦LST4101「厚見」
LCU2002「運輸艇2號」

☆佐世保地方隊（從山口經對馬海峽，到達東海到台灣海峽附近）
DDA164「高月」

第三九護衛隊
DE231「大淀」
DE232「千代」
DE234「户根」

第三四護衛隊
DE229「虻熊」
DE230「陣痛」
DE233「千島」

第十一掃海隊（下關基地隊）
MSC650「二之島」
MSC651「宮島」

第十三掃海隊（琉球基地隊）
MSC654「大島」
MSC655「兄島」

直轄艦
LST4102「元府」
LCU2001「運輸艇1號」

佐世保地方隊大村飛行隊所屬對馬防備隊
西克魯斯基HSS—2B千鳥　四架

☆舞鶴地方隊（負責連結秋田與島根的日本海地區）

第二護衛隊
DD119「青雲」
DD120「秋雲」
DD121「夕雲」

第三一護衛隊
DE217「見島」
DE219「岩瀨」

第十二掃海隊
MSC652「繪之島」
MSC661「高島」

直轄艦
LSU4172「野戶」

☆大湊地方隊（負責與俄羅斯的北方海峽部分，進行宗谷海峽、津輕海峽的海上監視）

第二三護衛隊
DD123「白雪」
DD124「峰雪」

第三五護衛隊
DE226「石雁」
DE227「夕梁」
DE228「夕鼈」

第十七掃海隊（函館基地隊）
MSC660「母島」
MSC664「神島」

大湊航空隊直昇機

第一飛彈艇隊（餘市防備隊）

稚內基地分遣隊

直轄艦
LST4103「合歡爐」

☆吳地方隊（從瀨戶內海、和歌山到宮崎爲止）

第二二護衛隊
DD118「村雲」
DD165「菊月」

第三八護衛隊
DE218「都下治」
DE222「手潮」

第一〇一掃海隊
負責內海淺海面的掃海工作

第十五掃海隊（阪神基地隊　小型總監部的部隊）
MSC658「父島」
MSC659「鳥島」

第一港灣巡邏隊

巡邏艇25號PB925
26號PB926
27號PB927
吳警備隊　佐伯基地分遣隊：特務艇84號
ASU84
直轄艦
LSU4171「愉樂」
小松航空隊　負責相當於內海東入口的紀伊水道地區的港灣防備工作，對潛直昇機部隊
☆練習艦隊（吳市）

航空集團

航空集團司令部（綾瀨）
第一航空群（鹿屋）P3C
救難航空隊（UH60）US—1A改救難飛行艇
第二航空群（八戶）P3C
救難航空隊（UH60）US—1A改救難飛行艇、UH—60J救難直昇機
第四航空群（厚木）　硫黃島基地、南鳥島基地P3C
救難航空隊（UH60）US—1A改救難飛行艇、UH—60J救難直昇機
第五航空群（那霸）　P3C
第二一航空群（館山）　對潛飛行隊、護衛艦搭載直昇機的親飛行隊
HSS2、SH60J、UP3C/D電子戰訓練支援機（各護衛隊群各有一架）、UH—60J救難直昇機
第一二一航空隊、第一二四航空隊
第二二航空群（大村）　對潛飛行隊、護衛艦搭載直昇機的親飛行隊
HSS2、SH60J、UP、3D電子訓練支援機（各護衛隊群各有一架）
第三一航空群（岩國）US1、U36等
第八一航空隊　EP3（電子戰資料收集機）
第一一一航空隊　從空中去除水雷的直昇機掃海部隊　MH53E
第五一航空隊（厚木）　負責航空相關研究開發各機種
第六一航空隊（厚木）　運輸、艦隊支援、YS11、LC90
航空管制隊（厚木）

航空設施隊（八户）
教育航空集團
教育航空集團司令部（千葉·沼南町）
下總教育航空群（同）
德島教育航空群（德島、松茂町）
小月教育航空群（下關）
第二一一教育航空群（鹿屋）

⦿陸上自衛隊

北部方面隊
第二師團（普通科連隊三個、戰車連隊一個、特科連隊一個、後方支援連隊一個爲基幹）
第七師團　機甲師團　進行整個北海道的機動打擊任務　普通科連隊一個、戰車連隊三個、特科連隊、高射特科連隊、偵察隊、設施大隊、通信大隊、飛行隊、後方支援連隊組成師團
第五旅團（帶廣）　召集預備役增加實力，再編成第五師團　第四連隊戰鬥團、第六連隊戰鬥團、第二七連隊戰鬥團
第十一旅團（真駒內）

東北方面隊
第六師團　支援青函地區的第九師團、京濱地域的第一師團。機動支援全國
第九師團
東部方面隊
第一師團
第十二旅團（相馬原）　機動支援全國各地 空中機動旅團
第一空挺團（船橋）　普通科群（普通科中隊四個、重迫擊炮中隊）、對戰車隊一個、設施隊一個及其他
中部方面隊
第三師團
第十師團　支援京濱地區的第一師團、阪神地區的第三師團。機動支援全國
第十三旅團（海田市）　機動支援全國海上機動旅團。
第二旅團（舊第二混合團·善通寺）機動支援全國。海上機動旅團（普通科連隊一個爲基幹、特科大隊）
西部方面隊

第四師團　第四〇普通科連隊、第四一普通科連隊、第十六普通科連隊、第十九普通科連隊

第八師團（北熊本）　對於關門、對馬海峽部、琉球、全國進行機動支援

第一旅團（舊第一混成團）　支援部隊

※備註　普通科連隊是由本部管理中隊、四個普通科中隊（普通）、重迫擊炮中隊、對戰車中隊編成。第二旅團是普通科連隊中，加上對戰車中隊。特科大隊則是由本部管理中隊、三個射擊中隊、高射中隊編成。

◇美國海軍第七艦隊

橫須賀　航空母艦戰鬥團

藍山脊號　LCC—19　旗艦

獨立號　CV—62　航空母艦

銀行山號　CG—52　宙斯盾巡洋艦

移動灣號　CG—53　宙斯盾巡洋艦

卡提斯威爾巴號　宙斯盾驅逐艦

歐布萊恩號　DD—975　受到中國空軍對艦飛彈攻擊，被擊沈

休伊特號　DD—966

卡茲號　FFG—38

馬克爾斯基號　FFG—41

落德尼大衛號　FFG—60

沙奇號　FFG—43

佐世保　兩用戰鬥機

波弗特號　ATS—2

貝勞伍德號　LHA—3

布倫斯威克號　ATS—3

都布克號　LPD—8

馬克亨利號　LSD—43

日耳曼城號　LSD—42

衛士號　MCM—5

愛國者號　MCM—7

中國軍隊

◎以下是指中國内戰的戰力估計

總兵力　正規軍約三二〇萬人
（其中包括徵集兵一七五萬人、預備役召集兵八十萬人）
公安、武裝警察部隊　約一百萬人
民兵部隊（非正規軍）　約四千萬人
※此外，在地方還有未組織的武裝勞動士兵、武裝農民約一億人以上

戰略飛彈戰力

司令部・北京（黨中央軍事委員會直轄）
戰略火箭部隊（第二砲兵部隊）　七萬人
飛彈基地：六
大陸間彈道飛彈（ＩＣＢＭ）　十七座
（估計）
ＣＳＳ—４（ＤＦ—５）　四座
ＭＩＲＶ（多目標彈頭）搭載飛彈　十二座
中距離彈道飛彈（ＩＲＢＭ）　五十座

陸軍

現役二八〇萬人（戰略火箭部隊、徵收兵一五〇萬人也包含在内）
五大軍區二十省軍區三警備區（減少二大軍區八省）
統合集團軍十七個（通常各軍由步兵師團三個、戰車旅團或戰車師團一個、砲兵旅團一個、高射砲旅團一個）

【戰鬥部隊】
步兵師團五三個（諸兵科聯合・機械化步兵師團二個也包含在内）
預備步兵師團　約三十個
新編成步兵師團　約四十個
機甲師團　七個

野戰砲兵師團　五個
獨立機甲旅團　一個
獨立野戰砲兵旅團　四個
獨立高射砲旅團　三個
獨立工兵連隊　十個
緊急展開部隊大隊　六個
航空隊・直昇機大隊群　四個
空挺部隊（要員屬於空軍）軍團一個：
空挺師團三個

〔主要裝備〕

〈主力戰車〉　約六〇〇〇輛
T—34／85型戰車　二五〇〇輛
T—59型戰車　四四〇〇輛
T—69型戰車（T—59改）　一五〇〇輛
T—79型、T—80型、T—85型ⅡM　八〇〇輛以上

〈輕型戰車〉　約一四〇〇輛
63型水陸兩用輕型戰車　八〇〇輛
62型輕型戰車　六〇〇輛

步兵戰鬥車　六〇〇〇輛
裝甲兵員運輸車　一八〇〇〇輛
牽引砲　九五〇〇門
自動砲　一三〇〇輛
多連發火箭發射機　三一〇〇座
（包括牽引式、自動式在內）
迫擊砲　四萬門
（包括牽引式、自動式在內）
高射砲　一萬門
地對空飛彈　七〇〇枚
（包括自動式在內）
直昇機　五〇架

※其他、地對地飛彈M—9（CSS—6／DF—11，射程五〇〇公里）、M—11（CSS—7／DF，射程一二〇～一五〇公里）、對戰車誘導武器HJ—8（TOW米蘭型）、HJ—73（沙加型）、無反動砲、對戰車砲、火箭發射器等。

海軍

現役二十六萬人（包括海兵隊二萬五千人、海軍航空隊二萬五千人、沿岸地區防衛隊二萬五千人）

〔三艦隊編成〕

航空母艦四艘（估計）、水上戰鬥艦艇四五七艘、潛水艦一百艘、水雷戰艦艇一五〇艘、兩用戰艦艇四二五艘、支援艦艇及其他一八〇艘、作戰飛機

〔北海艦隊〕

相當於瀋陽、北京、濟南軍區。負責從北韓國境到連雲港爲止的沿岸防衛與渤海、東海的海上防衛與監視。

基地：青島（司令部）、大連、葫蘆島、威海、長山

部隊：潛水艦戰隊二個、航空母艦戰鬥群一個、護衛艦戰隊三個、水雷戰戰隊一個、兩用戰戰隊一個、其他、渤海灣練習小艦隊。巡邏艦艇．沿岸戰鬥艦艇三〇〇艘

航空部隊／轟炸、戰鬥、攻擊各一個，合計三個師團。此外，還新設備二個航空連隊，當成航空母艦空團。

第一航空母艦戰鬥群

航空母艦「大連」、輕型航空母艦「旅順」與一護、第十一、第三一護衛隊

航空母艦「大連」

輕型航空母艦「旅順」受到對艦飛彈攻擊，被擊沈

第一護衛艦戰隊　旗艦「延安」

第十一護衛隊

旅大改級飛彈驅逐艦「延安」、「齊齊哈爾」（受損嚴重）、「鄭州」、「蘭州」（被擊沈）

江威級飛彈護衛艦「洛陽」、「鞍山」（被擊沈）、「溫州」、「長沙」（嚴重受損，自力航行回航）

第三一護衛隊

普通型對潛驅逐艦「徐州」（被擊沈）、「無錫」（嚴重受損，自沈）、「南寧」（被擊沈）、「常州」

普通型對潛護衛艦「泉州」（被擊沈）、「寧波」（嚴重受損、自沈）

補給艦「萍鄉」（被擊沈）

第二航空母艦戰鬥群（預定）　航空母艦

「北京」（裝配裝備中）
輕型航空母艦「長春」（建造中）
第二護衛艦戰隊　旗艦「青島」
　第十二護衛隊
　　旅大改級飛彈驅逐艦「青島」
　　江威級飛彈護衛艦
　第三二護衛隊
第三護衛艦戰隊　旗艦「成都」
　第十三護衛隊
　　旅大改級飛彈驅逐艦「成都」
　第四三護衛隊

〔東海艦隊〕
相當於南京軍區。負責從連雲港到東山的沿岸防衛，以及台灣海峽和東海的海上防衛與監視。
基地：上海（司令部）、吳淞、定海、杭州。
部隊：潛水艦戰隊二個、護衛艦戰隊二個、水雷戰戰隊一個、兩用戰戰隊一個、巡邏艦艇、沿岸戰鬥艦艇二五〇艘。
海兵隊師團一個。沿岸地區防衛隊部隊。
航空部隊：轟炸、戰鬥、攻擊各一個，總計三個師團

第四護衛艦戰隊　旗艦「西安」
　第二一護衛隊
　第四二護衛隊
第五護衛艦戰隊　旗艦「齊齊哈爾」
　第二二護衛隊
　　在第二次琉球海戰中幾乎完全滅絕
　　旗艦飛彈DD「哈爾濱」（中度受損）、DD「湘潭」（被擊沈）FF「銅陵」、「四平」（輕微受損）、「淮南」（嚴重受損）「新鄉」（被擊沈）
　第三三護衛隊

〔南海艦隊〕
相當於廣州軍區。負責從東山到越南國境為止的沿岸防衛與南海的海上防衛及監視。南北戰爭爆發的同時，一部分艦艇倒戈，投靠華南共和國海軍，因此，立刻改組編成南海艦隊。
新基地：上海（臨時司令部）、杭州（臨時）、福州。
新部隊：潛水艦戰隊二個、護衛艦戰隊一個、巡邏艦艇・沿岸戰鬥艦艇一百艘。
航空部隊：轟炸、戰鬥、攻擊

各一個，總計三個師團

第六護衛艦戰隊（再編） 旗艦（新）「南京」 在台灣海峽海戰中大致毀滅

第二三護衛隊 旅大級五艘「南京」、「吉安」（被擊沈）、「長春」（被擊沈），另有兩艘嚴重受損，無法航行

第四一護衛隊 江衛改級五艘護衛艦中，一艘被擊沈、二艘中度受損

海軍航空兵部

海軍每個艦隊都擁有航空兵部，各擁有一個轟炸、戰鬥、攻擊的航空師團。

（3艦隊×3個航空師團＝9個）

航空母艦「大連」 第71航空隊

殲擊11（J—11）戰鬥機隊

輕型航空母艦「旅順」 第一〇一航空隊

亞克布雷夫Yak—38戰鬥機隊

航空母艦「北京」 第72航空隊（訓練中）

殲擊11（J—11）戰鬥機隊

輕型航空母艦「長春」 第一〇二航空隊

（訓練中） 亞克布雷夫Yak—38戰鬥機隊

海兵隊（海軍步兵） 師團一個（步兵連隊三個、戰車連隊一個、砲兵連隊一個）

預備役：師團八個（步兵連隊二四個、戰車連隊八個、砲兵連隊八個）、獨立戰車連隊二個

沿岸地區防衛隊

獨立砲兵連隊及地對艦飛彈連隊 三五個

〔艦艇、裝備〕

〈潛水艦〉 一〇〇艘

戰略核子潛艦（漢級） 一艘

戰術潛水艦 攻擊型核子潛艇 五艘

非彈道飛彈普通型 二艘

攻擊型普通型 九二艘

※但是，現有的一百艘中五十艘是舊式艦艇，是否能發揮作用不得而知。中國打算從俄羅斯購買柴油推進潛水艦SSK，總數二二艘，其中十艘似乎已經進口。

〈主要水上戰鬥艦〉 七〇艘

攻擊型航空母艦（輕型航空母艦） 二艘

驅逐艦 二二艘

飛彈護衛艦 四四艘

護衛艦 二艘

〈巡邏艦艇、沿岸戰鬥艦艇〉 三八七艘

飛彈艇 二一七艘

魚雷艇　一六〇艘
〈水雷戰艦艇〉　一二〇艘
〈兩用戰艦艇〉　四二五艘
戰車登陸艦　二〇艘
中型登陸艦　三五艘
多用途登陸艇（舟艇）　三二〇艘
戰車登陸艇　一〇艘
兵員登陸艇　四〇艘
〈支援艦艇、其他〉　一七〇艘
運輸艦　四〇艘
洋上給油艦　三五艘
潛水艦支援艦　一〇艘
其他　九五艘
〔海軍航空飛機〕　約七二〇架
殲擊5（J—5）　五〇架
殲擊6（J—6）　二二〇架
殲擊7（J—7）　八〇架
殲擊8Ⅱ（防空專用，聽從空軍防空指揮所指令）　六〇架
殲擊11（J—11）Su—27P　二八架
殲擊11Ⅱ（J—11Ⅱ）Su—27SK　二六架
强擊5Q—5　四〇架
輕型轟炸機　H—5　八〇架
中型轟炸機H—6（搬運核子武器）　七〇架
C—601/801空對艦飛彈的運用可能改造成對艦攻擊機
國產飛行艇哈爾濱水轟5型（SH—5）　七架
Be—6對潛飛行艇　一〇架
垂直離陸戰鬥機Yak—38　五〇架
對潛直昇機　六〇架
〔海軍步兵裝備〕
主力戰車T—59型戰車、輕型戰車、裝甲兵員運輸車、多連裝火箭發射器等

■空軍

現役　三三萬人（包括戰略部隊、防空要員徵收兵在內）
作戰機約四八〇〇架
五空軍區（相當於陸軍的大軍區）
總司令部：北京

航空師團共有五軍區（北京、濟南、蘭州、南京、成都，二軍區分離獨立），合計三六個
轟炸機師團由七〇架增加爲九〇架，
戰鬥機師團由七〇架變成一二四架。
戰鬥部隊：航空師團　二一個
一個航空師團由三個航空連隊構成，三個連隊中一個是普通、攻擊機連隊。
一個連隊由三～四個飛行隊（中隊）構成。
一個飛行隊由三個飛行小隊所組成。
一個飛行小隊由戰鬥機部隊四架、運輸機或轟炸機三架編成。各航空師團配備一個整備部隊、運輸機、練習機。

〔轟炸機師團〕　約八〇五架
〈轟炸機〉
中型轟炸機‧轟炸6、轟炸6改（H—　約四〇〇架
6／Tu—16的複製品）　約六〇架
輕型轟炸機‧轟炸5（H—5／I1—
28獵兔犬）　約三〇〇架
Tu—4公牛（波音B—29的複製品）
約四〇架

〈對地攻擊戰鬥機〉　約三四〇架
强擊5（Q—5／J.6改）　約七〇架
强擊5改（Q—5Ⅲ）　約二七〇架
〈※强擊5（Q—5）家族的內容與分類〉
Q—5的衍生型‧輸出型A—5（以米格—19爲基礎，獨自開發的機型）
Q—5　搭載核子武器型
Q—5Ⅰ　增加武器搭載量，擴大與增設燃料搭載空間、提升引擎的力量，進行射出座席的更新等改良
Q—5ⅠA　擁有全方位警戒裝置裝備，加壓、給油系統的改良型
Q—5Ⅲ　提升引擎的力量　輸出型的A—5C就是這一型
A—5M　與義大利的亞雷黎雅共同開發，更新電子機器，增加主翼下的硬體。此外，還有機頭前端使用黑色電波透過材的雷達天線罩的機型
〈戰鬥轟炸機〉
殲轟7（JH—7／H—7轟炸機型的全方位型）　約六五架

〔戰鬥機師團〕
〈戰鬥機〉 約二八〇〇架
殲擊5（J—5／米格—17、大都爲偵察
用 約二〇〇架
殲擊6（J—6／殲擊6改、米格—19）
約二三四〇架
殲擊7（J—7Ⅱ、Ⅲ／Ⅲ相當於米格
—21MF） 約二八〇架
殲擊8（J—8／國產J—7大型雙發化
型） 約六〇架
殲擊8Ⅱ（J—8Ⅱ／J—8Ⅱ改良型）
約四〇架
殲擊9（J—9／以IAI爲基礎嘗試開
發） 一二架
殲擊10（J—10／J—9的增產型）
三〇架
殲擊11（J—11／Su—27P直率）
四六架
殲擊11Ⅱ（J—11Ⅱ／Su—27SK）
六二架
殲擊12（J—12／米格—31狐蝠）二四架

FC—1（計畫名）
數架
〈偵察機〉 二六六架
偵察型轟偵5型（HZ—5／H—5的
衍生型） 約三〇架
偵察型殲偵6型（JZ—6／J—6的
衍生型） 約七〇架
偵察型JZ—7 九架
運輸機 五〇〇架
直昇機 三三〇架
〈練習機及其他〉 約一〇〇〇架
殲教二型JJ—2／米格—15UTI
練習機 約二〇〇〇架
其他 約八〇〇〇架

◎防空師團 九個
◎高射砲 九〇〇〇門
◎獨立防空連隊 十六個
◎地對空飛彈部隊 六〇個
◎準軍隊 人民武裝警察（國防部）
一二〇萬人

台灣南北軍戰力比較

◎以下是台灣發生内戰時的戰力估計。

【台灣北軍（國共合作派革命政府軍）】

總兵力：現役五萬人。預備役五萬人

⬅陸軍

首都警備師團司令部
台北軍管區司令部
戰鬥部隊
機械化步兵師團 一個
步兵師團（首都警備師團） 一個
步兵師團 一個
獨立機甲旅團 一個
地對空群 一個
：地對空飛彈大隊 二個

〔主要裝備〕
〈主力戰車〉
M―48A5 一二〇輛
M―48H 四〇〇輛
〈輕型戰車〉
M―24 二〇〇輛
M41／64型 四〇輛
裝甲步兵戰鬥車M113 一六〇輛
〈裝甲兵員運輸車〉
M113 三五輛
V―150突擊車 一二〇輛
一〇〇輛
二〇輛

牽引砲　六〇門
自動砲　十二輛
對戰車誘導武器TOW　二〇〇座
無反動砲　二〇〇門
高射砲　五〇門
〈地對空飛彈〉
奈基Ⅱ型　二四座
霍克飛彈　三〇座
天弓Ⅰ、Ⅱ　二〇座
愛國者飛彈中隊一個　一組
〈直昇機〉　二三架
UH—1H　二〇架
CH—47　三架

←海軍

基隆・司令部
水上戰鬥艦艇
驅逐艦　四艘
護衛艦　二艘
巡邏艦艇
飛彈艇　十二艘
沿岸警備艇等　數十艘

←空軍

台北・松山基地空軍司令部
戰鬥機F—104G　二八架
戰鬥機F—5EⅡ老虎　十二架
運輸機　二〇架
※但是大半的飛行員都拒絕駕駛

【台灣（中華民國）政府軍（南軍）】

總兵力： 現役三七萬五千人

預備役： 陸軍一五〇萬人、海軍三萬二千五百人、空軍九萬人、海兵隊三萬五千人

陸軍

二十八萬九千人（包括軍事警察在內）

三軍區司令部。一空挺特殊司令部

戰鬥部隊

- 步兵師團　八個
- 機械化步兵師團　一個
- 空挺旅團　二個
- 獨立機甲旅團　五個
- 戰車群　一個
- 地對空飛彈群　二個
- ：地對空飛彈　五個
- 飛行群　二個
- ：飛行隊　六個
- 預備輕步兵師團　七個

〔配備狀況〕

金門島　步兵師團三個、戰車群一個

馬祖島　步兵師團一個

台灣中南部防衛　機械化師團一個、步兵師團四個、獨立機甲旅團五個、空挺旅團二個、預備輕步兵師團七個、航空大隊二個、海兵師團二個。

〔主要裝備〕

〈主力戰車〉　四五〇輛

M―48A5　三〇〇輛
M―48H　四〇〇輛
M―60A　二〇〇輛
〈輕型戰車〉　七〇五輛
M―24　一九〇輛
M―41／64型　五一五輛
裝甲步兵戰鬥車M113　一九〇輛
〈裝甲兵員運輸車〉　八三〇輛
M113　五五〇輛
V―150突擊隊員　二八〇輛
牽引砲　一〇〇〇門
自動砲　三〇三門
對戰車誘導武器TOW　八〇〇座
無反動砲　四八〇門
高射砲（包括自動式在內）　三五〇門
〈地對空飛彈〉
奈基Ⅱ型　三六座
霍克　七〇座
天弓Ⅰ、Ⅱ　三四座
愛國者飛彈中隊二個　二組
※其他多連裝火箭發射器、迫擊砲等備有多數

〔航空〕
固定翼機O―1　一〇架
〈直昇機〉　一七七架
貝爾AH―1W超級眼鏡蛇　四二架
觀測直昇機OH―58D基俄瓦　二六架
UH―1H　九二架
CH―47　五架
KH―4　十二架

■海軍

現役六萬八千人（其中包括海兵隊三萬人）
三海軍區
基地：左營（司令部）、馬公。基隆（落入北軍之手）
主要軍港　台中、馬公、金門、馬祖、左營、花蓮
主力艦隊
〔驅逐艦隊〕
〈第一二四艦隊（左營）〉
第一護衛戰隊

第二護衛戰隊

成功級（奧利弗哈德澤佩里級的改良艦）

護衛艦

「成功」「鄭和」「繼光」「岳飛」等七艘

〈第一四六艦隊（馬公）〉

第三護衛戰隊

第四護衛戰隊

武進三號改造艦朝陽級（基林級）九艘

「建陽」「安陽」「昆陽」「遼陽」「德陽」「綏陽」「雲陽」「正陽」「邵陽」

〈護衛艦（巡防）艦隊〉

舊第一三一艦隊（基隆）

第五護衛戰隊　「富陽」等老朽驅逐艦

第六護衛戰隊　「萊陽」等驅逐艦被北軍接收

〈新第一三一艦隊（因爲北軍佔領基隆，因此司令部轉移到左營）〉

新第五護衛戰隊

新第六護衛戰隊

康定級最新護衛戰隊

由「康定」「西寧」「昆明」「迪化」「武昌」「成都」六艘編成

〈第一六八艦隊（蘇澳）〉

第七護衛戰隊　異名「第七艦隊」

第八護衛戰隊

由美國諾克斯級（濟陽級）護衛艦六艘編成

「濟陽」「鳳陽」「汾陽」「蘭陽」「海陽」「准陽」

〈艦艇、裝備〉

潛水艦（普通型）　四艘

《水上戰鬥艦艇》　四五艘

飛彈驅逐艦　七艘

驅逐艦　十五艘

飛彈護衛艦　六艘

護衛艦　十七艘

〈巡邏艦艇、沿岸戰鬥艦艇〉　一〇一艘

飛彈艇　五二艘

掃海艇　四艘

內海巡邏艇　四五艘

水雷戰艦艇　十三艘

兩用戰艦艇　二一艘

〈兩用戰指揮艦〉　一艘
戰車登陸艦　十四艘
登陸艦　六艘
舟艇（多用途登陸艇）　四〇〇艘
〈支援艦、其他船艦〉　十九艘
戰鬥支援艦　一艘
運輸艦　六艘
支援給油艦　三艘
其他　九艘
◎沿岸防衛
地對艦沿岸防衛飛彈大隊一個
◎海軍航空隊
海上巡邏飛行隊　一個
直昇機飛行隊　一個
作戰機　三二架
武裝直昇機　二二架
◎海兵隊　三萬人
海兵師團二個及支援部隊

←空軍

七萬二千人
作戰機　七三八架
戰鬥部隊：戰鬥航空團五個飛行隊（中隊）　二〇個
航空連隊／大隊（航空團）之下有三～四個的中隊（飛行隊）
對地攻擊戰鬥：戰鬥飛行隊十四個
〈戰鬥機〉　約六一〇架
F—5E老虎Ⅱ戰鬥機　一七〇架
同F—5F雙座戰鬥機　八〇架
F—104G星式戰鬥機　一一二架
IDF經國（最後編成一三〇架）　七〇架
F—16A／B　二四架
幻象2000—5　三〇架
AT—3輕型攻擊機　約二〇架
T—38A教練機　約二〇架
T—34C基本教練機　約四〇架
AT—3A高等教練機　約四〇架

TF—104G教練機　四架
偵察：飛行隊一個　一〇架
RF—104G　六架
E—2T鷹眼　四架
搜索救難：飛行隊一個
S—70　十四架
運輸：飛行隊八個　六八架
固定翼機　四八架
直昇機　二〇架
其他教練機　一二二架

〔配置狀況〕
新竹基地　F—104G戰鬥機三個中隊、經國戰鬥機一個中隊
清泉崗基地　F—5E戰鬥機三個中隊、F—104G戰鬥機三個中隊
嘉義基地　F—5E戰鬥機三個中隊、經國戰鬥機三個中隊
台南基地　F—5E戰鬥機三個中隊、F—104G戰鬥機三個中隊、運輸飛行隊二個
台東基地　F—16A/B戰鬥機三個中隊、F—5E戰鬥機三個中隊
屏東基地　F—104G戰鬥機三個中隊、運輸飛行隊四個
花蓮基地　幻象2000—5型戰鬥機三個中隊、經國戰鬥機三個中隊
（註：台灣北部的松山基地與桃園基地，落入北軍之手）

〔準軍隊〕
治安機關　二萬五千人
海上警察　一千人
海關　六百五十人

華南共和國

←陸軍

總兵力	約八一萬五千人
現役	十四萬五千人
公安部隊・武裝警察隊	七萬人
預備役召集兵	二十萬人
徵集兵	四十萬人

集團軍三個

第四二軍（廣東省廣州）
機械化步兵二個、自動車化師團二個、自動車化步兵旅團二個、防空師團一個、砲兵師團一個、武裝直昇機大隊一個

第三一軍（福建省）
機甲旅團一個、自動車化師團一個、輕步兵師團二個、砲兵師團一個

第四一軍（廣西省柳州）
自動車化步兵二個、自動車化旅團一個、輕步兵師團一個、輕步兵旅團一個、砲兵師團一個

新編成野戰軍（由各軍輕步兵師團或輕步兵旅團三個編成）

新第一軍　自動車化步兵旅團二個、輕步兵師團一個
新第二軍　自動車化旅團二個、輕步兵師團一個
新第三軍　自動車化旅團二個、輕步兵師團一個
新第四軍　自動車化旅團一個、輕步兵旅團二個
新第五軍　輕步兵旅團三個
新第六軍　輕步兵師團二個、輕步兵旅團一個
新第八軍　輕步兵師團三個編成中
新第九軍　輕步兵師團三個編成中
新第十軍　輕步兵師團三個編成中

武裝警察軍（一部分自動車化、輕步兵的警備師團）

武裝警察第75師團
武裝警察第76師團
武裝警察第77師團

（內容說明）

機甲旅團一個（戰車三二二輛）
機械化步兵師團一個（戰車一二二輛、步兵戰鬥車・裝甲兵員運輸車一二五輛）
自動車化步兵師團五個（戰車・輕型戰車一二〇輛×五個＝六〇〇輛）
自動車化步兵旅團十個（經由預備役召集而重新編成，接受台灣軍的支援）
輕步兵師團八個（包括預備役召集輕步兵師四個）
輕步兵旅團七個（由預備役召集而編成）
武裝警察師團三個
新輕步兵師團九個（利用徵集兵編成・訓練中）
砲兵師團三個（新編成一個）
防空師團一個

〔主要裝備〕

主力戰車　約九〇〇輛
T—34/85型戰車　二〇〇輛
T—59型戰車　七〇〇輛
輕型戰車　約二〇〇輛
63型水陸兩用輕型戰車　一〇〇輛
62型輕型戰車　一〇〇輛
步兵戰鬥車（五〇輛得到來自台灣的援助）　約一五〇輛
裝甲兵員運輸車（二〇〇輛得到來自台灣的援助）　約六〇〇輛
牽引砲（五〇〇門得到來自台灣的援助）　約二五〇〇門
自動砲　約三〇〇輛
多連裝火箭發射機　約四〇〇座
迫擊砲（五〇〇門來自台灣的援助）　約七五〇〇門
高射砲　約二〇〇〇座
地對空飛彈　約一〇〇座
直昇機　約四〇架

（其它）

預備陸軍兵力　二〇〇萬人

民兵游擊兵

◀華南空軍（舊廣州空軍）

兵力　六萬人（包括防空要員、徵集兵在內）

作戰機　約八〇〇架

航空師團　六個

轟炸機師團二個（六個飛行連隊）　一七一架

轟炸機

中型轟炸・轟炸6（H—6）、轟炸6改　三六架

輕型轟炸・轟炸5（H—5）　六三架

對地攻擊戰鬥機

强擊5（Q—5）　三六架

强擊5改（Q—5Ⅲ）　二七架

戰鬥轟炸機

殲轟7（JH—7）　九架

戰鬥機師團　四個（十二個飛行連隊）　四一四架

戰鬥機

殲擊5（J—5）　九〇架

殲擊6（J—6）　二三二架

殲擊7（J—7）　八〇架

殲擊8（J—8）、殲擊8Ⅱ　十二架

偵察機　三四架

偵察型轟偵5型（HZ—5）　十四架

偵察型轟偵6型（HZ—6）　十八架

偵察型JZ—7　二架

運輸機　一〇〇架

直昇機　七〇架

教練機及其它　一二〇架

防空師團　三個

高射砲　三〇〇〇門

獨立防空連線　六個

地對空飛彈部隊　二〇個

◀海軍（舊南海艦隊主力）

現役　四萬五千人（包括海兵隊八千人、徵集兵五千人）

湛江（司令部）、汕頭、廣州、榆林、西沙群島、南沙群島的前進基地	
華南共和國艦隊	
護衛艦戰隊　旗艦「廣州」（舊重慶）	
第一護衛戰隊	驅逐艦三艘
第二護衛戰隊	護衛艦四艘
水雷戰隊	一個
水雷敷設艦	十七艘
水雷對策艦艇	三〇艘
兩用戰隊	一個
中型登陸艦	約一〇艘
多用途登陸艦	約三〇艘
沿岸防衛戰隊	三個
飛彈艇	約七〇艘
魚雷艇	約三〇艘
巡邏艇	約二〇〇艘
海兵旅團一個	約八千人
海軍航空部隊	
海軍轟炸機師	一個
轟炸6（H—6）	一〇架
海軍攻擊機師團	一個
强擊5（Q—5）	三八架
海軍戰鬥機師團	一個
殲擊5（J—5）	五〇架
殲擊6（J—6）	六〇架
殲擊7（J—7）	一〇〇架
殲擊8（J—8）	十二架

生活廣場系列

① 366 天誕生星
馬克・失崎治信／著
李 芳 黛／譯　定價 280 元

② 366 天誕生花與誕生石
約翰路易・松岡／著
林 碧 清／譯　定價 280 元

③科學命相
淺野八郎／著
林 娟 如／譯　定價 220 元

④已知的他界科學
天外伺朗／著
陳 蒼 杰／譯　定價 220 元

⑤開拓未來的他界科學
天外伺朗／著
陳 蒼 杰／譯　定價 220 元

⑥世紀末變態心理犯罪檔案
冬門稔貳／著
沈 永 嘉／譯　定價 240 元

⑦ 366 天開運年鑑
林廷宇／編著　定價 230 元

⑧色彩學與你
野村順一／著
沈 永 嘉／譯　定價 230 元

⑨科學手相
淺野八郎／著
楊 鴻 儒／譯　定價 230 元

⑩你也能成為戀愛高手
柯富陽／編著　定價 220 元

品冠文化出版社　郵政劃撥帳號：19346241

●主婦の友社授權中文全球版

女醫師系列

①子宮內膜症

國府田清子／著
林 碧 清／譯　　定價 200 元

②子宮肌瘤

黑島淳子／著
陳 維 湘／譯　　定價 200 元

③上班女性的壓力症候群

池下育子／著
林 瑞 玉／譯　　定價 200 元

④漏尿、尿失禁

中田真木／著
洪 翠 霞／譯　　定價 200 元

⑤高齡生產

大鷹美子／著
林 瑞 玉／譯　　定價 200 元

⑥子宮癌

上坊敏子／著
林 瑞 玉／譯　　定價 200 元

⑦避孕

早乙女智子／著
林 娟 如／譯　　定價 200 元

品冠文化出版社

郵政劃撥帳號：19346241

大展出版社有限公司
品冠文化出版社

圖書目錄

地址：台北市北投區(石牌)
致遠一路二段 12 巷 1 號
電話：(02)28236031
28236033
郵撥：0166955～1
傳真：(02)28272069

・法律專欄連載・電腦編號 58

台大法學院 法律學系／策劃
法律服務社／編著

1. 別讓您的權利睡著了 ① 200 元
2. 別讓您的權利睡著了 ② 200 元

・秘傳占卜系列・電腦編號 14

1. 手相術 淺野八郎著 180 元
2. 人相術 淺野八郎著 180 元
3. 西洋占星術 淺野八郎著 180 元
4. 中國神奇占卜 淺野八郎著 150 元
5. 夢判斷 淺野八郎著 150 元
6. 前世、來世占卜 淺野八郎著 150 元
7. 法國式血型學 淺野八郎著 150 元
8. 靈感、符咒學 淺野八郎著 150 元
9. 紙牌占卜學 淺野八郎著 150 元
10. ESP 超能力占卜 淺野八郎著 150 元
11. 猶太數的秘術 淺野八郎著 150 元
12. 新心理測驗 淺野八郎著 160 元
13. 塔羅牌預言秘法 淺野八郎著 200 元

・趣味心理講座・電腦編號 15

1. 性格測驗① 探索男與女 淺野八郎著 140 元
2. 性格測驗② 透視人心奧秘 淺野八郎著 140 元
3. 性格測驗③ 發現陌生的自己 淺野八郎著 140 元
4. 性格測驗④ 發現你的真面目 淺野八郎著 140 元
5. 性格測驗⑤ 讓你們吃驚 淺野八郎著 140 元
6. 性格測驗⑥ 洞穿心理盲點 淺野八郎著 140 元
7. 性格測驗⑦ 探索對方心理 淺野八郎著 140 元
8. 性格測驗⑧ 由吃認識自己 淺野八郎著 160 元
9. 性格測驗⑨ 戀愛知多少 淺野八郎著 160 元

10. 性格測驗⑩ 由裝扮瞭解人心　淺野八郎著　160 元
11. 性格測驗⑪ 敲開內心玄機　淺野八郎著　140 元
12. 性格測驗⑫ 透視你的未來　淺野八郎著　160 元
13. 血型與你的一生　淺野八郎著　160 元
14. 趣味推理遊戲　淺野八郎著　160 元
15. 行為語言解析　淺野八郎著　160 元

・婦 幼 天 地・電腦編號 16

1. 八萬人減肥成果　黃靜香譯　180 元
2. 三分鐘減肥體操　楊鴻儒譯　150 元
3. 窈窕淑女美髮秘訣　柯素娥譯　130 元
4. 使妳更迷人　成　玉譯　130 元
5. 女性的更年期　官舒妍編譯　160 元
6. 胎內育兒法　李玉瓊編譯　150 元
7. 早產兒袋鼠式護理　唐岱蘭譯　200 元
8. 初次懷孕與生產　婦幼天地編譯組　180 元
9. 初次育兒 12 個月　婦幼天地編譯組　180 元
10. 斷乳食與幼兒食　婦幼天地編譯組　180 元
11. 培養幼兒能力與性向　婦幼天地編譯組　180 元
12. 培養幼兒創造力的玩具與遊戲　婦幼天地編譯組　180 元
13. 幼兒的症狀與疾病　婦幼天地編譯組　180 元
14. 腿部苗條健美法　婦幼天地編譯組　180 元
15. 女性腰痛別忽視　婦幼天地編譯組　150 元
16. 舒展身心體操術　李玉瓊編譯　130 元
17. 三分鐘臉部體操　趙薇妮著　160 元
18. 生動的笑容表情術　趙薇妮著　160 元
19. 心曠神怡減肥法　川津祐介著　130 元
20. 內衣使妳更美麗　陳玄茹譯　130 元
21. 瑜伽美姿美容　黃靜香編著　180 元
22. 高雅女性裝扮學　陳珮玲譯　180 元
23. 蠶糞肌膚美顏法　坂梨秀子著　160 元
24. 認識妳的身體　李玉瓊譯　160 元
25. 產後恢復苗條體態　居理安・芙萊喬著　200 元
26. 正確護髮美容法　山崎伊久江著　180 元
27. 安琪拉美姿養生學　安琪拉蘭斯博瑞著　180 元
28. 女體性醫學剖析　增田豐著　220 元
29. 懷孕與生產剖析　岡部綾子著　180 元
30. 斷奶後的健康育兒　東城百合子著　220 元
31. 引出孩子幹勁的責罵藝術　多湖輝著　170 元
32. 培養孩子獨立的藝術　多湖輝著　170 元
33. 子宮肌瘤與卵巢囊腫　陳秀琳編著　180 元
34. 下半身減肥法　納他夏・史達賓著　180 元
35. 女性自然美容法　吳雅菁編著　180 元

36. 再也不發胖	池園悅太郎著	170 元
37. 生男生女控制術	中垣勝裕著	220 元
38. 使妳的肌膚更亮麗	楊　皓編著	170 元
39. 臉部輪廓變美	芝崎義夫著	180 元
40. 斑點、皺紋自己治療	高須克彌著	180 元
41. 面皰自己治療	伊藤雄康著	180 元
42. 隨心所欲瘦身冥想法	原久子著	180 元
43. 胎兒革命	鈴木丈織著	180 元
44. NS 磁氣平衡法塑造窈窕奇蹟	古屋和江著	180 元
45. 享瘦從腳開始	山田陽子著	180 元
46. 小改變瘦 4 公斤	宮本裕子著	180 元
47. 軟管減肥瘦身	高橋輝男著	180 元
48. 海藻精神秘美容法	劉名揚編著	180 元
49. 肌膚保養與脫毛	鈴木真理著	180 元
50. 10 天減肥 3 公斤	彤雲編輯組	180 元
51. 穿出自己的品味	西村玲子著	280 元
52. 小孩髮型設計	李芳黛譯	250 元

・青春天地・電腦編號 17

1. A 血型與星座	柯素娥編譯	160 元
2. B 血型與星座	柯素娥編譯	160 元
3. O 血型與星座	柯素娥編譯	160 元
4. AB 血型與星座	柯素娥編譯	120 元
5. 青春期性教室	呂貴嵐編譯	130 元
7. 難解數學破題	宋釗宜編譯	130 元
9. 小論文寫作秘訣	林顯茂編譯	120 元
11. 中學生野外遊戲	熊谷康編著	120 元
12. 恐怖極短篇	柯素娥編譯	130 元
13. 恐怖夜話	小毛驢編譯	130 元
14. 恐怖幽默短篇	小毛驢編譯	120 元
15. 黑色幽默短篇	小毛驢編譯	120 元
16. 靈異怪談	小毛驢編譯	130 元
17. 錯覺遊戲	小毛驢編著	130 元
18. 整人遊戲	小毛驢編著	150 元
19. 有趣的超常識	柯素娥編譯	130 元
20. 哦！原來如此	林慶旺編譯	130 元
21. 趣味競賽 100 種	劉名揚編譯	120 元
22. 數學謎題入門	宋釗宜編譯	150 元
23. 數學謎題解析	宋釗宜編譯	150 元
24. 透視男女心理	林慶旺編譯	120 元
25. 少女情懷的自白	李桂蘭編譯	120 元
26. 由兄弟姊妹看命運	李玉瓊編譯	130 元
27. 趣味的科學魔術	林慶旺編譯	150 元

28. 趣味的心理實驗室	李燕玲編譯	150 元
29. 愛與性心理測驗	小毛驢編譯	130 元
30. 刑案推理解謎	小毛驢編譯	180 元
31. 偵探常識推理	小毛驢編譯	180 元
32. 偵探常識解謎	小毛驢編譯	130 元
33. 偵探推理遊戲	小毛驢編譯	180 元
34. 趣味的超魔術	廖玉山編著	150 元
35. 趣味的珍奇發明	柯素娥編著	150 元
36. 登山用具與技巧	陳瑞菊編著	150 元
37. 性的漫談	蘇燕謀編著	180 元
38. 無的漫談	蘇燕謀編著	180 元
39. 黑色漫談	蘇燕謀編著	180 元
40. 白色漫談	蘇燕謀編著	180 元

・健康天地・電腦編號 18

1. 壓力的預防與治療	柯素娥編譯	130 元
2. 超科學氣的魔力	柯素娥編譯	130 元
3. 尿療法治病的神奇	中尾良一著	130 元
4. 鐵證如山的尿療法奇蹟	廖玉山譯	120 元
5. 一日斷食健康法	葉慈容編譯	150 元
6. 胃部強健法	陳炳崑譯	120 元
7. 癌症早期檢查法	廖松濤譯	160 元
8. 老人痴呆症防止法	柯素娥編譯	130 元
9. 松葉汁健康飲料	陳麗芬編譯	130 元
10. 揉肚臍健康法	永井秋夫著	150 元
11. 過勞死、猝死的預防	卓秀貞編譯	130 元
12. 高血壓治療與飲食	藤山順豐著	180 元
13. 老人看護指南	柯素娥編譯	150 元
14. 美容外科淺談	楊啟宏著	150 元
15. 美容外科新境界	楊啟宏著	150 元
16. 鹽是天然的醫生	西英司郎著	140 元
17. 年輕十歲不是夢	梁瑞麟譯	200 元
18. 茶料理治百病	桑野和民著	180 元
19. 綠茶治病寶典	桑野和民著	150 元
20. 杜仲茶養顏減肥法	西田博著	150 元
21. 蜂膠驚人療效	瀨長良三郎著	180 元
22. 蜂膠治百病	瀨長良三郎著	180 元
23. 醫藥與生活㈠	鄭炳全著	180 元
24. 鈣長生寶典	落合敏著	180 元
25. 大蒜長生寶典	木下繁太郎著	160 元
26. 居家自我健康檢查	石川恭三著	160 元
27. 永恆的健康人生	李秀鈴譯	200 元
28. 大豆卵磷脂長生寶典	劉雪卿譯	150 元

29. 芳香療法	梁艾琳譯	160 元
30. 醋長生寶典	柯素娥譯	180 元
31. 從星座透視健康	席拉・吉蒂斯著	180 元
32. 愉悅自在保健學	野本二士夫著	160 元
33. 裸睡健康法	丸山淳士等著	160 元
34. 糖尿病預防與治療	藤田順豐著	180 元
35. 維他命長生寶典	菅原明子著	180 元
36. 維他命 C 新效果	鐘文訓編	150 元
37. 手、腳病理按摩	堤芳朗著	160 元
38. AIDS 瞭解與預防	彼得塔歇爾著	180 元
39. 甲殼質殼聚糖健康法	沈永嘉譯	160 元
40. 神經痛預防與治療	木下真男著	160 元
41. 室內身體鍛鍊法	陳炳崑編著	160 元
42. 吃出健康藥膳	劉大器編著	180 元
43. 自我指壓術	蘇燕謀編著	160 元
44. 紅蘿蔔汁斷食療法	李玉瓊編著	150 元
45. 洗心術健康秘法	竺翠萍編譯	170 元
46. 枇杷葉健康療法	柯素娥編譯	180 元
47. 抗衰血癒	楊啟宏著	180 元
48. 與癌搏鬥記	逸見政孝著	180 元
49. 冬蟲夏草長生寶典	高橋義博著	170 元
50. 痔瘡・大腸疾病先端療法	宮島伸宜著	180 元
51. 膠布治癒頑固慢性病	加瀨建造著	180 元
52. 芝麻神奇健康法	小林貞作著	170 元
53. 香煙能防止癡呆？	高田明和著	180 元
54. 穀菜食治癌療法	佐藤成志著	180 元
55. 貼藥健康法	松原英多著	180 元
56. 克服癌症調和道呼吸法	帶津良一著	180 元
57. B 型肝炎預防與治療	野村喜重郎著	180 元
58. 青春永駐養生導引術	早島正雄著	180 元
59. 改變呼吸法創造健康	原久子著	180 元
60. 荷爾蒙平衡養生秘訣	出村博著	180 元
61. 水美肌健康法	井戶勝富著	170 元
62. 認識食物掌握健康	廖梅珠編著	170 元
63. 痛風劇痛消除法	鈴木吉彥著	180 元
64. 酸莖菌驚人療效	上田明彥著	180 元
65. 大豆卵磷脂治現代病	神津健一著	200 元
66. 時辰療法—危險時刻凌晨 4 時	呂建強等著	180 元
67. 自然治癒力提升法	帶津良一著	180 元
68. 巧妙的氣保健法	藤平墨子著	180 元
69. 治癒 C 型肝炎	熊田博光著	180 元
70. 肝臟病預防與治療	劉名揚編著	180 元
71. 腰痛平衡療法	荒井政信著	180 元
72. 根治多汗症、狐臭	稻葉益巳著	220 元

73. 40 歲以後的骨質疏鬆症	沈永嘉譯	180 元
74. 認識中藥	松下一成著	180 元
75. 認識氣的科學	佐佐木茂美著	180 元
76. 我戰勝了癌症	安田伸著	180 元
77. 斑點是身心的危險信號	中野進著	180 元
78. 艾波拉病毒大震撼	玉川重德著	180 元
79. 重新還我黑髮	桑名隆一郎著	180 元
80. 身體節律與健康	林博史著	180 元
81. 生薑治萬病	石原結實著	180 元
82. 靈芝治百病	陳瑞東著	180 元
83. 木炭驚人的威力	大槻彰著	200 元
84. 認識活性氧	井土貴司著	180 元
85. 深海鮫治百病	廖玉山編著	180 元
86. 神奇的蜂王乳	井上丹治著	180 元
87. 卡拉 OK 健腦法	東潔著	180 元
88. 卡拉 OK 健康法	福田伴男著	180 元
89. 醫藥與生活(二)	鄭炳全著	200 元
90. 洋蔥治百病	宮尾興平著	180 元
91. 年輕 10 歲快步健康法	石塚忠雄著	180 元
92. 石榴的驚人神效	岡本順子著	180 元
93. 飲料健康法	白鳥早奈英著	180 元
94. 健康棒體操	劉名揚編譯	180 元
95. 催眠健康法	蕭京凌編著	180 元
96. 鬱金（美王）治百病	水野修一著	180 元
97. 醫藥與生活(三)	鄭炳全著	200 元

・實用女性學講座・電腦編號 19

1. 解讀女性內心世界	島田一男著	150 元
2. 塑造成熟的女性	島田一男著	150 元
3. 女性整體裝扮學	黃靜香編著	180 元
4. 女性應對禮儀	黃靜香編著	180 元
5. 女性婚前必修	小野十傳著	200 元
6. 徹底瞭解女人	田口二州著	180 元
7. 拆穿女性謊言 88 招	島田一男著	200 元
8. 解讀女人心	島田一男著	200 元
9. 俘獲女性絕招	志賀貢著	200 元
10. 愛情的壓力解套	中村理英子著	200 元
11. 妳是人見人愛的女孩	廖松濤編著	200 元

・校園系列・電腦編號 20

1. 讀書集中術	多湖輝著	180 元

2. 應考的訣竅 多湖輝著 150元
3. 輕鬆讀書贏得聯考 多湖輝著 150元
4. 讀書記憶秘訣 多湖輝著 150元
5. 視力恢復！超速讀術 江錦雲譯 180元
6. 讀書36計 黃柏松編著 180元
7. 驚人的速讀術 鐘文訓編著 170元
8. 學生課業輔導良方 多湖輝著 180元
9. 超速讀超記憶法 廖松濤編著 180元
10. 速算解題技巧 宋釗宜編著 200元
11. 看圖學英文 陳炳崑編著 200元
12. 讓孩子最喜歡數學 沈永嘉譯 180元
13. 催眠記憶術 林碧清譯 180元
14. 催眠速讀術 林碧清譯 180元
15. 數學式思考學習法 劉淑錦譯 200元
16. 考試憑要領 劉孝暉著 180元
17. 事半功倍讀書法 王毅希著 200元
18. 超金榜題名術 陳蒼杰譯 200元
19. 靈活記憶術 林耀慶編著 180元

・實用心理學講座・電腦編號21

1. 拆穿欺騙伎倆 多湖輝著 140元
2. 創造好構想 多湖輝著 140元
3. 面對面心理術 多湖輝著 160元
4. 偽裝心理術 多湖輝著 140元
5. 透視人性弱點 多湖輝著 140元
6. 自我表現術 多湖輝著 180元
7. 不可思議的人性心理 多湖輝著 180元
8. 催眠術入門 多湖輝著 150元
9. 責罵部屬的藝術 多湖輝著 150元
10. 精神力 多湖輝著 150元
11. 厚黑說服術 多湖輝著 150元
12. 集中力 多湖輝著 150元
13. 構想力 多湖輝著 150元
14. 深層心理術 多湖輝著 160元
15. 深層語言術 多湖輝著 160元
16. 深層說服術 多湖輝著 180元
17. 掌握潛在心理 多湖輝著 160元
18. 洞悉心理陷阱 多湖輝著 180元
19. 解讀金錢心理 多湖輝著 180元
20. 拆穿語言圈套 多湖輝著 180元
21. 語言的內心玄機 多湖輝著 180元
22. 積極力 多湖輝著 180元

・超現實心理講座・電腦編號 22

1.	超意識覺醒法	詹蔚芬編譯	130 元
2.	護摩秘法與人生	劉名揚編譯	130 元
3.	秘法!超級仙術入門	陸明譯	150 元
4.	給地球人的訊息	柯素娥編著	150 元
5.	密教的神通力	劉名揚編著	130 元
6.	神秘奇妙的世界	平川陽一著	200 元
7.	地球文明的超革命	吳秋嬌譯	200 元
8.	力量石的秘密	吳秋嬌譯	180 元
9.	超能力的靈異世界	馬小莉譯	200 元
10.	逃離地球毀滅的命運	吳秋嬌譯	200 元
11.	宇宙與地球終結之謎	南山宏著	200 元
12.	驚世奇功揭秘	傅起鳳著	200 元
13.	啟發身心潛力心象訓練法	栗田昌裕著	180 元
14.	仙道術遁甲法	高藤聰一郎著	220 元
15.	神通力的秘密	中岡俊哉著	180 元
16.	仙人成仙術	高藤聰一郎著	200 元
17.	仙道符咒氣功法	高藤聰一郎著	220 元
18.	仙道風水術尋龍法	高藤聰一郎著	200 元
19.	仙道奇蹟超幻像	高藤聰一郎著	200 元
20.	仙道鍊金術房中法	高藤聰一郎著	200 元
21.	奇蹟超醫療治癒難病	深野一幸著	220 元
22.	揭開月球的神秘力量	超科學研究會	180 元
23.	西藏密教奧義	高藤聰一郎著	250 元
24.	改變你的夢術入門	高藤聰一郎著	250 元
25.	21 世紀拯救地球超技術	深野一幸著	250 元

・養 生 保 健・電腦編號 23

1.	醫療養生氣功	黃孝寬著	250 元
2.	中國氣功圖譜	余功保著	250 元
3.	少林醫療氣功精粹	井玉蘭著	250 元
4.	龍形實用氣功	吳大才等著	220 元
5.	魚戲增視強身氣功	宮 嬰著	220 元
6.	嚴新氣功	前新培金著	250 元
7.	道家玄牝氣功	張 章著	200 元
8.	仙家秘傳袪病功	李遠國著	160 元
9.	少林十大健身功	秦慶豐著	180 元
10.	中國自控氣功	張明武著	250 元
11.	醫療防癌氣功	黃孝寬著	250 元
12.	醫療強身氣功	黃孝寬著	250 元
13.	醫療點穴氣功	黃孝寬著	250 元

14. 中國八卦如意功	趙維漢著	180 元
15. 正宗馬禮堂養氣功	馬禮堂著	420 元
16. 秘傳道家筋經內丹功	王慶餘著	280 元
17. 三元開慧功	辛桂林著	250 元
18. 防癌治癌新氣功	郭　林著	180 元
19. 禪定與佛家氣功修煉	劉天君著	200 元
20. 顛倒之術	梅自強著	360 元
21. 簡明氣功辭典	吳家駿編	360 元
22. 八卦三合功	張全亮著	230 元
23. 朱砂掌健身養生功	楊永著	250 元
24. 抗老功	陳九鶴著	230 元
25. 意氣按穴排濁自療法	黃啟運編著	250 元
26. 陳式太極拳養生功	陳正雷著	200 元
27. 健身祛病小功法	王培生著	200 元
28. 張式太極混元功	張春銘著	250 元
29. 中國璇密功	羅琴編著	250 元

・社會人智囊・電腦編號 24

1. 糾紛談判術	清水增三著	160 元
2. 創造關鍵術	淺野八郎著	150 元
3. 觀人術	淺野八郎著	180 元
4. 應急詭辯術	廖英迪編著	160 元
5. 天才家學習術	木原武一著	160 元
6. 貓型狗式鑑人術	淺野八郎著	180 元
7. 逆轉運掌握術	淺野八郎著	180 元
8. 人際圓融術	澀谷昌三著	160 元
9. 解讀人心術	淺野八郎著	180 元
10. 與上司水乳交融術	秋元隆司著	180 元
11. 男女心態定律	小田晉著	180 元
12. 幽默說話術	林振輝編著	200 元
13. 人能信賴幾分	淺野八郎著	180 元
14. 我一定能成功	李玉瓊譯	180 元
15. 獻給青年的嘉言	陳蒼杰譯	180 元
16. 知人、知面、知其心	林振輝編著	180 元
17. 塑造堅強的個性	坂上肇著	180 元
18. 為自己而活	佐藤綾子著	180 元
19. 未來十年與愉快生活有約	船井幸雄著	180 元
20. 超級銷售話術	杜秀卿譯	180 元
21. 感性培育術	黃靜香編著	180 元
22. 公司新鮮人的禮儀規範	蔡媛惠譯	180 元
23. 傑出職員鍛鍊術	佐佐木正著	180 元
24. 面談獲勝戰略	李芳黛譯	180 元
25. 金玉良言撼人心	森純大著	180 元

26. 男女幽默趣典　劉華亭編著　180 元
27. 機智說話術　劉華亭編著　180 元
28. 心理諮商室　柯素娥譯　180 元
29. 如何在公司崢嶸頭角　佐佐木正著　180 元
30. 機智應對術　李玉瓊編著　200 元
31. 克服低潮良方　坂野雄二著　180 元
32. 智慧型說話技巧　沈永嘉編著　180 元
33. 記憶力、集中力增進術　廖松濤編著　180 元
34. 女職員培育術　林慶旺編著　180 元
35. 自我介紹與社交禮儀　柯素娥編著　180 元
36. 積極生活創幸福　田中真澄著　180 元
37. 妙點子超構想　多湖輝著　180 元
38. 說 NO 的技巧　廖玉山編著　180 元
39. 一流說服力　李玉瓊編著　180 元
40. 般若心經成功哲學　陳鴻蘭編著　180 元
41. 訪問推銷術　黃靜香編著　180 元
42. 男性成功秘訣　陳蒼杰編著　180 元
43. 笑容、人際智商　宮川澄子著　180 元
44. 多湖輝的構想工作室　多湖輝著　200 元
45. 名人名語啟示錄　喬家楓著　180 元
46. 口才必勝術　黃柏松編著　220 元
47. 能言善道的說話術　章智冠編著　180 元
48. 改變人心成為贏家　多湖輝著　200 元
49. 說服的ＩＱ　沈永嘉譯　200 元
50. 提升腦力超速讀術　齊藤英治著　200 元
51. 操控對手百戰百勝　多湖輝著　200 元
52. 面試成功戰略　柯素娥編著　200 元
53. 摸透男人心　劉華亭編著　180 元
54. 撼動人心優勢口才　龔伯牧編著　180 元

・精 選 系 列・電腦編號 25

1. 毛澤東與鄧小平　渡邊利夫等著　280 元
2. 中國大崩裂　江戶介雄著　180 元
3. 台灣・亞洲奇蹟　上村幸治著　220 元
4. 7-ELEVEN 高盈收策略　國友隆一著　180 元
5. 台灣獨立（新・中國日本戰爭一）　森詠著　200 元
6. 迷失中國的末路　江戶雄介著　220 元
7. 2000 年 5 月全世界毀滅　紫藤甲子男著　180 元
8. 失去鄧小平的中國　小島朋之著　220 元
9. 世界史爭議性異人傳　桐生操著　200 元
10. 淨化心靈享人生　松濤弘道著　220 元
11. 人生心情診斷　賴藤和寬著　220 元
12. 中美大決戰　檜山良昭著　220 元

13. 黃昏帝國美國　莊雯琳譯　220元
14. 兩岸衝突（新・中國日本戰爭二）　森詠著　220元
15. 封鎖台灣（新・中國日本戰爭三）　森詠著　220元
16. 中國分裂（新・中國日本戰爭四）　森詠著　220元
17. 由女變男的我　虎井正衛著　200元
18. 佛學的安心立命　松濤弘道著　220元
19. 世界喪禮大觀　松濤弘道著　280元
20. 中國內戰（新・中國日本戰爭五）　森詠著　220元
21. 台灣內亂（新・中國日本戰爭六）　森詠著　220元
22. 琉球戰爭①（新・中國日本戰爭七）　森詠著　220元
23. 琉球戰爭②（新・中國日本戰爭八）　森詠著　220元

・運動遊戲・電腦編號 26

1. 雙人運動　李玉瓊譯　160元
2. 愉快的跳繩運動　廖玉山譯　180元
3. 運動會項目精選　王佑京譯　150元
4. 肋木運動　廖玉山譯　150元
5. 測力運動　王佑宗譯　150元
6. 游泳入門　唐桂萍編著　200元
7. 帆板衝浪　王勝利譯　300元

・休閒娛樂・電腦編號 27

1. 海水魚飼養法　田中智浩著　300元
2. 金魚飼養法　曾雪玫譯　250元
3. 熱門海水魚　毛利匡明著　480元
4. 愛犬的教養與訓練　池田好雄著　250元
5. 狗教養與疾病　杉浦哲著　220元
6. 小動物養育技巧　三上昇著　300元
7. 水草選擇、培育、消遣　安齊裕司著　300元
8. 四季釣魚法　釣朋會著　200元
9. 簡易釣魚入門　張果馨譯　200元
10. 防波堤釣入門　張果馨譯　220元
20. 園藝植物管理　船越亮二著　220元
30. 汽車急救ＤＩＹ　陳瑞雄編著　200元
31. 巴士旅行遊戲　陳羲編著　180元
32. 測驗你的ＩＱ　蕭京凌編著　180元
33. 益智數字遊戲　廖玉山編著　180元
40. 撲克牌遊戲與贏牌秘訣　林振輝編著　180元
41. 撲克牌魔術、算命、遊戲　林振輝編著　180元
42. 撲克占卜入門　王家成編著　180元
50. 兩性幽默　幽默選集編輯組　180元

51. 異色幽默	幽默選集編輯組	180 元

・銀髮族智慧學・電腦編號 28

1. 銀髮六十樂逍遙	多湖輝著	170 元
2. 人生六十反年輕	多湖輝著	170 元
3. 六十歲的決斷	多湖輝著	170 元
4. 銀髮族健身指南	孫瑞台編著	250 元
5. 退休後的夫妻健康生活	施聖茹譯	200 元

・飲 食 保 健・電腦編號 29

1. 自己製作健康茶	大海淳著	220 元
2. 好吃、具藥效茶料理	德永睦子著	220 元
3. 改善慢性病健康藥草茶	吳秋嬌譯	200 元
4. 藥酒與健康果菜汁	成玉編著	250 元
5. 家庭保健養生湯	馬汴梁編著	220 元
6. 降低膽固醇的飲食	早川和志著	200 元
7. 女性癌症的飲食	女子營養大學	280 元
8. 痛風者的飲食	女子營養大學	280 元
9. 貧血者的飲食	女子營養大學	280 元
10. 高脂血症者的飲食	女子營養大學	280 元
11. 男性癌症的飲食	女子營養大學	280 元
12. 過敏者的飲食	女子營養大學	280 元
13. 心臟病的飲食	女子營養大學	280 元
14. 滋陰壯陽的飲食	王增著	220 元
15. 胃、十二指腸潰瘍的飲食	勝健一等著	280 元
16. 肥胖者的飲食	雨宮禎子等著	280 元

・家庭醫學保健・電腦編號 30

1. 女性醫學大全	雨森良彥著	380 元
2. 初為人父育兒寶典	小瀧周曹著	220 元
3. 性活力強健法	相建華著	220 元
4. 30 歲以上的懷孕與生產	李芳黛編著	220 元
5. 舒適的女性更年期	野末悅子著	200 元
6. 夫妻前戲的技巧	笠井寬司著	200 元
7. 病理足穴按摩	金慧明著	220 元
8. 爸爸的更年期	河野孝旺著	200 元
9. 橡皮帶健康法	山田晶著	180 元
10. 三十三天健美減肥	相建華等著	180 元
11. 男性健美入門	孫玉祿編著	180 元
12. 強化肝臟秘訣	主婦の友社編	200 元

13. 了解藥物副作用	張果馨譯	200 元
14. 女性醫學小百科	松山榮吉著	200 元
15. 左轉健康法	龜田修等著	200 元
16. 實用天然藥物	鄭炳全編著	260 元
17. 神秘無痛平衡療法	林宗駛著	180 元
18. 膝蓋健康法	張果馨譯	180 元
19. 針灸治百病	葛書翰著	250 元
20. 異位性皮膚炎治癒法	吳秋嬌譯	220 元
21. 禿髮白髮預防與治療	陳炳崑編著	180 元
22. 埃及皇宮菜健康法	飯森薰著	200 元
23. 肝臟病安心治療	上野幸久著	220 元
24. 耳穴治百病	陳抗美等著	250 元
25. 高效果指壓法	五十嵐康彥著	200 元
26. 瘦水、胖水	鈴木園子著	200 元
27. 手針新療法	朱振華著	200 元
28. 香港腳預防與治療	劉小惠譯	250 元
29. 智慧飲食吃出健康	柯富陽編著	200 元
30. 牙齒保健法	廖玉山編著	200 元
31. 恢復元氣養生食	張果馨譯	200 元
32. 特效推拿按摩術	李玉田著	200 元
33. 一週一次健康法	若狹真著	200 元
34. 家常科學膳食	大塚滋著	220 元
35. 夫妻們閱讀的男性不孕	原利夫著	220 元
36. 自我瘦身美容	馬野詠子著	200 元
37. 魔法姿勢益健康	五十嵐康彥著	200 元
38. 眼病錘療法	馬栩周著	200 元
39. 預防骨質疏鬆症	藤田拓男著	200 元
40. 骨質增生效驗方	李吉茂編著	250 元
41. 蕺菜健康法	小林正夫著	200 元
42. 赧於啟齒的男性煩惱	增田豐著	220 元
43. 簡易自我健康檢查	稻葉允著	250 元
44. 實用花草健康法	友田純子著	200 元
45. 神奇的手掌療法	日比野喬著	230 元
46. 家庭式三大穴道療法	刑部忠和著	200 元
47. 子宮癌、卵巢癌	岡島弘幸著	220 元
48. 糖尿病機能性食品	劉雪卿編著	220 元
49. 奇蹟活現經脈美容法	林振輝編譯	200 元
50. Super SEX	秋好憲一著	220 元
51. 了解避孕丸	林玉佩譯	200 元
52. 有趣的遺傳學	蕭京凌編著	200 元
53. 強身健腦手指運動	羅群等著	250 元
54. 小周天健康法	莊雯琳譯	200 元
55. 中西醫結合醫療	陳蒼杰譯	200 元
56. 沐浴健康法	楊鴻儒譯	200 元

57. 節食瘦身秘訣	張芷欣編著	200 元
58. 酵素健康法	楊皓譯	200 元
59. 一天 10 分鐘健康太極拳	劉小惠譯	250 元
60. 中老年人疲勞消除法	五味雅吉著	220 元

・超經營新智慧・電腦編號 31

1. 躍動的國家越南	林雅倩譯	250 元
2. 甦醒的小龍菲律賓	林雅倩譯	220 元
3. 中國的危機與商機	中江要介著	250 元
4. 在印度的成功智慧	山內利男著	220 元
5. 7-ELEVEN 大革命	村上豐道著	200 元
6. 業務員成功秘方	呂育清編著	200 元
7. 在亞洲成功的智慧	鈴木讓二著	220 元
8. 圖解活用經營管理	山際有文著	220 元
9. 速效行銷學	江尻弘著	220 元
10. 猶太成功商法	周蓮芬編著	200 元
11. 工廠管理新手法	黃柏松編著	220 元

・親子系列・電腦編號 32

1. 如何使孩子出人頭地	多湖輝著	200 元
2. 心靈啟蒙教育	多湖輝著	280 元
3. 如何使孩子數學滿分	林明嬋編著	180 元
4. 終身受用的學習秘訣	李芳黛譯	200 元
5. 數學疑問破解	陳蒼杰譯	200 元

・雅致系列・電腦編號 33

1. 健康食譜春冬篇	丸元淑生著	200 元
2. 健康食譜夏秋篇	丸元淑生著	200 元
3. 純正家庭料理	陳建民等著	200 元
4. 家庭四川菜	陳建民著	200 元
5. 醫食同源健康美食	郭長聚著	200 元
6. 家族健康食譜	東畑朝子著	200 元

・美術系列・電腦編號 34

1. 可愛插畫集	鉛筆等著	220 元
2. 人物插畫集	鉛筆等著	180 元

・勞作系列・電腦編號 35

1.	活動玩具ＤＩＹ	李芳黛譯	230 元
2.	組合玩具ＤＩＹ	李芳黛譯	230 元
3.	花草遊戲ＤＩＹ	張果馨譯	250 元

・心 靈 雅 集・電腦編號 00

1.	禪言佛語看人生	松濤弘道著	180 元
2.	禪密教的奧秘	葉逯謙譯	120 元
3.	觀音大法力	田口日勝著	120 元
4.	觀音法力的大功德	田口日勝著	120 元
5.	達摩禪 106 智慧	劉華亭編譯	220 元
6.	有趣的佛教研究	葉逯謙編譯	170 元
7.	夢的開運法	蕭京凌譯	180 元
8.	禪學智慧	柯素娥編譯	130 元
9.	女性佛教入門	許俐萍譯	110 元
10.	佛像小百科	心靈雅集編譯組	130 元
11.	佛教小百科趣談	心靈雅集編譯組	120 元
12.	佛教小百科漫談	心靈雅集編譯組	150 元
13.	佛教知識小百科	心靈雅集編譯組	150 元
14.	佛學名言智慧	松濤弘道著	220 元
15.	釋迦名言智慧	松濤弘道著	220 元
16.	活人禪	平田精耕著	120 元
17.	坐禪入門	柯素娥編譯	150 元
18.	現代禪悟	柯素娥編譯	130 元
19.	道元禪師語錄	心靈雅集編譯組	130 元
20.	佛學經典指南	心靈雅集編譯組	130 元
21.	何謂「生」阿含經	心靈雅集編譯組	150 元
22.	一切皆空　般若心經	心靈雅集編譯組	180 元
23.	超越迷惘　法句經	心靈雅集編譯組	130 元
24.	開拓宇宙觀　華嚴經	心靈雅集編譯組	180 元
25.	真實之道　法華經	心靈雅集編譯組	130 元
26.	自由自在　涅槃經	心靈雅集編譯組	130 元
27.	沈默的教示　維摩經	心靈雅集編譯組	150 元
28.	開通心眼　佛語佛戒	心靈雅集編譯組	130 元
29.	揭秘寶庫　密教經典	心靈雅集編譯組	180 元
30.	坐禪與養生	廖松濤譯	110 元
31.	釋尊十戒	柯素娥編譯	120 元
32.	佛法與神通	劉欣如編著	120 元
33.	悟（正法眼藏的世界）	柯素娥編譯	120 元
34.	只管打坐	劉欣如編著	120 元
35.	喬答摩・佛陀傳	劉欣如編著	120 元

36.唐玄奘留學記	劉欣如編著	120元
37.佛教的人生觀	劉欣如編譯	110元
38.無門關(上卷)	心靈雅集編譯組	150元
39.無門關(下卷)	心靈雅集編譯組	150元
40.業的思想	劉欣如編著	130元
41.佛法難學嗎	劉欣如著	140元
42.佛法實用嗎	劉欣如著	140元
43.佛法殊勝嗎	劉欣如著	140元
44.因果報應法則	李常傳編	180元
45.佛教醫學的奧秘	劉欣如編著	150元
46.紅塵絕唱	海　若著	130元
47.佛教生活風情	洪丕謨、姜玉珍著	220元
48.行住坐臥有佛法	劉欣如著	160元
49.起心動念是佛法	劉欣如著	160元
50.四字禪語	曹洞宗青年會	200元
51.妙法蓮華經	劉欣如編著	160元
52.根本佛教與大乘佛教	葉作森編	180元
53.大乘佛經	定方晟著	180元
54.須彌山與極樂世界	定方晟著	180元
55.阿闍世的悟道	定方晟著	180元
56.金剛經的生活智慧	劉欣如著	180元
57.佛教與儒教	劉欣如編譯	180元
58.佛教史入門	劉欣如編譯	180元
59.印度佛教思想史	劉欣如編譯	200元
60.佛教與女姓	劉欣如編譯	180元
61.禪與人生	洪丕謨主編	260元
62.領悟佛經的智慧	劉欣如著	200元

・經營管理・電腦編號 01

◎ 創新經營管理六十六大計(精)	蔡弘文編	780元
1. 如何獲取生意情報	蘇燕謀譯	110元
2. 經濟常識問答	蘇燕謀譯	130元
4. 台灣商戰風雲錄	陳中雄著	120元
5. 推銷大王秘錄	原一平著	180元
6. 新創意・賺大錢	王家成譯	90元
10.美國實業 24 小時	柯順隆譯	80元
11.撼動人心的推銷法	原一平著	150元
12.高竿經營法	蔡弘文編	120元
13.如何掌握顧客	柯順隆譯	150元
17.一流的管理	蔡弘文編	150元
18.外國人看中韓經濟	劉華亭譯	150元
20.突破商場人際學	林振輝編著	90元
22.如何使女人打開錢包	林振輝編著	100元

24. 小公司經營策略 王嘉誠著 160元
25. 成功的會議技巧 鐘文訓編譯 100元
26. 新時代老闆學 黃柏松編著 100元
27. 如何創造商場智囊團 林振輝編譯 150元
28. 十分鐘推銷術 林振輝編譯 180元
29. 五分鐘育才 黃柏松編譯 100元
33. 自我經濟學 廖松濤編譯 100元
34. 一流的經營 陶田生編著 120元
35. 女性職員管理術 王昭國編譯 120元
36. ＩＢＭ的人事管理 鐘文訓編譯 150元
37. 現代電腦常識 王昭國編譯 150元
38. 電腦管理的危機 鐘文訓編譯 120元
39. 如何發揮廣告效果 王昭國編譯 150元
40. 最新管理技巧 王昭國編譯 150元
41. 一流推銷術 廖松濤編譯 150元
42. 包裝與促銷技巧 王昭國編譯 130元
43. 企業王國指揮塔 松下幸之助著 120元
44. 企業精銳兵團 松下幸之助著 120元
45. 企業人事管理 松下幸之助著 100元
46. 華僑經商致富術 廖松濤編譯 130元
47. 豐田式銷售技巧 廖松濤編譯 180元
48. 如何掌握銷售技巧 王昭國編著 130元
50. 洞燭機先的經營 鐘文訓編譯 150元
52. 新世紀的服務業 鐘文訓編譯 100元
53. 成功的領導者 廖松濤編譯 120元
54. 女推銷員成功術 李玉瓊編譯 130元
55. ＩＢＭ人才培育術 鐘文訓編譯 100元
56. 企業人自我突破法 黃琪輝編著 150元
58. 財富開發術 蔡弘文編著 130元
59. 成功的店舖設計 鐘文訓編著 150元
61. 企管回春法 蔡弘文編著 130元
62. 小企業經營指南 鐘文訓編譯 100元
63. 商場致勝名言 鐘文訓編譯 150元
64. 迎接商業新時代 廖松濤編譯 100元
66. 新手股票投資入門 何朝乾編著 200元
67. 上揚股與下跌股 何朝乾編譯 180元
68. 股票速成學 何朝乾編譯 200元
69. 理財與股票投資策略 黃俊豪編著 180元
70. 黃金投資策略 黃俊豪編著 180元
71. 厚黑管理學 廖松濤編譯 180元
72. 股市致勝格言 呂梅莎編譯 180元
73. 透視西武集團 林谷燁編譯 150元
76. 巡迴行銷術 陳蒼杰譯 150元
77. 推銷的魔術 王嘉誠譯 120元

78. 60 秒指導部屬	周蓮芬編譯	150 元
79. 精銳女推銷員特訓	李玉瓊編譯	130 元
80. 企劃、提案、報告圖表的技巧	鄭汶譯	180 元
81. 海外不動產投資	許達守編譯	150 元
82. 八百伴的世界策略	李玉瓊譯	150 元
83. 服務業品質管理	吳宜芬譯	180 元
84. 零庫存銷售	黃東謙編譯	150 元
85. 三分鐘推銷管理	劉名揚編譯	150 元
86. 推銷大王奮鬥史	原一平著	150 元
87. 豐田汽車的生產管理	林谷燁編譯	150 元

・成 功 寶 庫・電腦編號 02

1. 上班族交際術	江森滋著	100 元
2. 拍馬屁訣竅	廖玉山編譯	110 元
4. 聽話的藝術	歐陽輝編譯	110 元
9. 求職轉業成功術	陳義編著	110 元
10. 上班族禮儀	廖玉山編著	120 元
11. 接近心理學	李玉瓊編著	100 元
12. 創造自信的新人生	廖松濤編著	120 元
15. 神奇瞬間瞑想法	廖松濤編譯	100 元
16. 人生成功之鑰	楊意苓編著	150 元
19. 給企業人的諍言	鐘文訓編著	120 元
20. 企業家自律訓練法	陳義編譯	100 元
21. 上班族妖怪學	廖松濤編著	100 元
22. 猶太人縱橫世界的奇蹟	孟佑政編著	110 元
25. 你是上班族中強者	嚴思圖編著	100 元
30. 成功頓悟 100 則	蕭京凌編譯	130 元
32. 知性幽默	李玉瓊編譯	130 元
33. 熟記對方絕招	黃靜香編譯	100 元
37. 察言觀色的技巧	劉華亭編著	180 元
38. 一流領導力	施義彥編譯	120 元
40. 30 秒鐘推銷術	廖松濤編譯	150 元
42. 尖端時代行銷策略	陳蒼杰編著	100 元
43. 顧客管理學	廖松濤編著	100 元
44. 如何使對方說 Yes	程羲編著	150 元
47. 上班族口才學	楊鴻儒譯	120 元
48. 上班族新鮮人須知	程羲編著	120 元
49. 如何左右逢源	程羲編著	130 元
50. 語言的心理戰	多湖輝著	130 元
55. 性惡企業管理學	陳蒼杰譯	130 元
56. 自我啟發 200 招	楊鴻儒編著	150 元
57. 做個傑出女職員	劉名揚編著	130 元
58. 靈活的集團營運術	楊鴻儒編著	120 元

60. 個案研究活用法	楊鴻儒編著	130元
61. 企業教育訓練遊戲	楊鴻儒編著	120元
62. 管理者的智慧	程義編譯	130元
63. 做個佼佼管理者	馬筱莉編譯	130元
67. 活用禪學於企業	柯素娥編譯	130元
69. 幽默詭辯術	廖玉山編譯	150元
70. 拿破崙智慧箴言	柯素娥編譯	130元
71. 自我培育・超越	蕭京凌編譯	150元
74. 時間即一切	沈永嘉編譯	130元
75. 自我脫胎換骨	柯素娥譯	150元
76. 贏在起跑點　人才培育鐵則	楊鴻儒編譯	150元
77. 做一枚活棋	李玉瓊編譯	130元
81. 瞬間攻破心防法	廖玉山編譯	120元
82. 改變一生的名言	李玉瓊編譯	130元
83. 性格性向創前程	楊鴻儒編譯	130元
84. 訪問行銷新竅門	廖玉山編譯	150元
85. 無所不達的推銷話術	李玉瓊編譯	150元

・處　世　智　慧・電腦編號 03

1. 如何改變你自己	陸明編譯	120元
6. 靈感成功術	譚繼山編譯	80元
8. 扭轉一生的五分鐘	黃柏松編譯	100元
10. 現代人的詭計	林振輝譯	100元
14. 女性的智慧	譚繼山編譯	90元
16. 人生的體驗	陸明編譯	80元
18. 幽默吹牛術	金子登著	90元
24. 慧心良言	亦奇著	80元
25. 名家慧語	蔡逸鴻主編	90元
28. 如何發揮你的潛能	陸明編譯	90元
29. 女人身態語言學	李常傳譯	130元
30. 摸透女人心	張文志譯	90元
32. 給女人的悄悄話	妮倩編譯	90元
36. 成功的捷徑	鐘文訓譯	70元
37. 幽默逗笑術	林振輝著	120元
38. 活用血型讀書法	陳炳崑譯	80元
39. 心　燈	葉于模著	100元
41. 心・體・命運	蘇燕謀譯	70元
43. 宮本武藏五輪書金言錄	宮本武藏著	100元
47. 成熟的愛	林振輝譯	120元
48. 現代女性駕馭術	蔡德華著	90元
49. 禁忌遊戲	酒井潔著	90元
53. 如何達成願望	謝世輝著	90元
54. 創造奇蹟的「想念法」	謝世輝著	90元

55. 創造成功奇蹟	謝世輝著	90 元
57. 幻想與成功	廖松濤譯	80 元
58. 反派角色的啟示	廖松濤編譯	70 元
59. 現代女性須知	劉華亭編著	75 元
62. 如何突破內向	姜倩怡編譯	110 元
64. 讀心術入門	王家成編譯	100 元
65. 如何解除內心壓力	林美羽編著	110 元
66. 取信於人的技巧	多湖輝著	110 元
68. 自我能力的開拓	卓一凡編著	110 元
70. 縱橫交涉術	嚴思圖編著	90 元
71. 如何培養妳的魅力	劉文珊編著	90 元
75. 個性膽怯者的成功術	廖松濤編譯	100 元
76. 人性的光輝	文可式編著	90 元
79. 培養靈敏頭腦秘訣	廖玉山編著	90 元
80. 夜晚心理術	鄭秀美編譯	80 元
81. 如何做個成熟的女性	李玉瓊編著	80 元
82. 現代女性成功術	劉文珊編著	90 元
83. 成功說話技巧	梁惠珠編譯	100 元
84. 人生的真諦	鐘文訓編譯	100 元
87. 指尖・頭腦體操	蕭京凌編譯	90 元
88. 電話應對禮儀	蕭京凌編著	120 元
89. 自我表現的威力	廖松濤編譯	100 元
91. 男與女的哲思	程鐘梅編譯	110 元
92. 靈思慧語	牧風著	110 元
93. 心靈夜語	牧風著	100 元
94. 激盪腦力訓練	廖松濤編譯	100 元
95. 三分鐘頭腦活性法	廖玉山編譯	110 元
96. 星期一的智慧	廖玉山編譯	100 元
97. 溝通說服術	賴文琇編譯	100 元

・健康與美容・電腦編號 04

3. 媚酒傳(中國王朝秘酒)	陸明主編	120 元
5. 中國回春健康術	蔡一藩著	100 元
6. 奇蹟的斷食療法	蘇燕謀譯	130 元
8. 健美食物法	陳炳崑譯	120 元
9. 驚異的漢方療法	唐龍編著	90 元
10. 不老強精食	唐龍編著	100 元
12. 五分鐘跳繩健身法	蘇明達譯	100 元
13. 睡眠健康法	王家成譯	80 元
14. 你就是名醫	張芳明譯	90 元
19. 釋迦長壽健康法	譚繼山譯	90 元
20. 腳部按摩健康法	譚繼山譯	120 元
21. 自律健康法	蘇明達譯	90 元

國家圖書館出版品預行編目資料

琉球戰爭(2) 新・中國-日本戰爭(八)/森詠著；林雅倩譯
——初版，——臺北市，大展，2000〔民89〕
265面；21公分，——（精選系列；23）
譯自：新・日本中國戰爭（第七部）沖繩戰爭 II
ISBN 957-557-997-6（平裝）

861.57 89004451

SHIN NIHON CHUGOKU SENSO Vol.8－OKINAWA SENSO 2 by Ei Mori
Copyright © 1998 by Ei Mori
All rights reserved
First published in Japan in 1998 by Gakken Co., Ltd.
Chinese translation rights arragned with Gakken Co., Ltd.
through Japan Foreign－Rights Centre/Keio Cultural Enterprise Co., Ltd.

版權仲介：京王文化事業有限公司
【版權所有・翻印必究】

琉球戰爭(2) 新・中國－日本戰爭(八) ISBN 957-557-997-6

原著者/ 森 詠
編譯者/ 林 雅 倩
發行人/ 蔡 森 明
出版者/ 大展出版社有限公司
社 址/ 台北市北投區（石牌）致遠一路2段12巷1號
電 話/（02）28236031・28236033・28233123
傳 真/（02）28272069
郵政劃撥/ 01669551
E mail / dah－jaan @ms 9.tisnet.net.tw
登記證/ 局版臺業字第2171號
承印者/ 高星印刷品行
裝 訂/ 日新裝訂所
排版者/ 弘益電腦排版有限公司
初版1刷/ 2000年（民89年） 6月

定 價/ 220元

●本書若有破損、缺頁敬請寄回本社更換●

大展好書 好書大展

大展好書 好書大展